家族じまい

家族的完成

櫻木紫乃

劉子倩 譯

目　次

台灣版　序

我從三十幾歲踏入文壇，就一直在寫「偏遠地方的家族」。

本書是針對不知道到底算不算切身相關的「家族」的這種關係，轉換角度和觀點寫成的。好像多少寫出了一點我年近六十才有的心境。

北海道，即便在日本也屬於特殊地區。位於國土最北端，被海洋環繞，說是小島又嫌太大。與鄰鎮相距五十公里或一百公里是常有之事。

別說是離開日本，我甚至沒離開過北海道生活，是個道地的鄉下人。也因此看過許多「沒有戴面具的人」。換言之，我是在一個大家都對人沒啥戒心的地方長大的。

我的故鄉釧路，曾因漁業和煤礦、泡沫經濟而繁榮。如今那些都已經衰退，了無繁華痕跡，不過人們還是堅強地活著。

就算失去了等同城市手腳的基礎產業，城市還是繼續呼吸。反正人口減少也不是北海道才有的問題，所有人今日也照樣忙著活在當下。

本地人雖然整天抱怨百業蕭條，卻還是熱衷於討論美味的餐廳或最近掀起話題的甜點。

於是，看到那種徹底荒廢的站前風景，作家動筆寫小說。

我寫的「家族」，幾乎都是身邊可能出現的人物。不管寫什麼，對寫作者而言都是尋常可見的事。

明明是憑想像在寫作，有時卻不免驚訝竟和現實分毫不差，甚至現實更壯烈。

最近讓我深有感觸的，就是無論通訊變得如何發達，人與人之間的距離縮短，對話的機會增加，內心懷抱的問題還是大同小異。

縱然對話增加，家族之間也無法互相理解。

如果把想法全部都說出來，有時不僅會造成爭端，甚至會有一場大戰等著。

入夜後亮起燈光的千門萬戶，家家都有自己的問題。

就算再怎麼意識到「個體」，試圖習慣「孤獨」，血緣的問題終究因人而異。正如我們不可能遇見同樣的人，同樣的家庭也不存在。

日本的核心家庭化加速發展至今，據說已有五十年。在北海道，隻身從本島過來的「核心」人們發展至今也大約百年了。

父母皆在北海道出生的第三代，已經算是道地的北海道人了，然而身為第三代的我能看到的家族風景，卻是蘊藏著無數日本今後核心家庭的問題，正在無聲的前進。

我家雖然有親戚，卻因為父母那一輩的爭執，彼此已有三十幾年沒見面。即使在路上偶遇，也都認不出彼此，關係非常疏遠。

單就我家而言，連婚喪喜慶的往來都沒有。對此，我既不感到難過，也不自卑。現在這樣寫出來，毫不在乎的態度恐怕會讓人感到驚訝。但老實說，現在就算遇到那些親戚，我也不知道該聊些什麼。

大家都在各自的場所，每天與土地和人們妥協著過日子。我真心覺得，那樣不就好了嗎。

日前，我看到父親的妹妹寄來的信。很長很長的信中強調的，是對大哥也就是我父親的怨言。老了之後衝動做出那種行為，正是人之所以為人的原因。我不覺得可悲，也不覺得可笑，當然更不會生氣。唯一湧現的想法，就是看見了人性。

這樣算是薄情嗎？

這若是薄情，我認為亦無不可。

我的外婆抱著埋骨此地的覺悟生下我媽，我媽又生下了我。我也有緣生下了女兒。站在女人一生的中間位置，我想到的是聳立在原野的一棵樹。只要像那棵樹一樣活下去即可。僅此而已。

這片擁有核心家族百年歷史的北方土地，就日本的四季更迭看來也很遙遠。櫻花綻放和插秧的時期總是比本島晚上一個月。雪下得比任何地方都早，也比任何地方都久。雖然短暫但好歹也有夏天，約有一個月的時間能盡情享受啤酒的美味。

在第一代北海道居民抱著某種覺悟渡海前來的這片土地，到了第三代，已成為自己內心深愛的「邊境」，也為之自豪。

紙張不也是從外側掀起嗎。

海浪不也總是打向岸邊嗎。

我想，嶄新的事物說不定就是從這個「邊境」中誕生，誰知道呢。

櫻木紫乃

第一章

智代

週一早上，我發現啟介的後腦勺有十圓硬幣大小的圓禿。

「我走了。」

丈夫說話聽不出任何含糊或陰影。他的五官集中在小臉中央，因此總是難以判讀表情。

早晨平和的神情，與其說是要去上班更像是下班回來，智代也跟著用笑容回應。

「去吧，路上小心。」

在玄關送丈夫出門後，智代從窗口目送啟介的背影直到他彎過轉角。白髮漸增的短髮，逐漸融入雪景。他走路時前後晃動右肩的習慣和速度，似乎一如年輕時，但在雪景中，整個人看起來好像有點縮水。

進入十二月後，智代週六和週日整天都在美容院兼差。她不知道啟介的後腦為何會出現圓禿。也不知道是一夜之間禿掉的，還是隨著時間慢慢擴大的。

那麼大一塊圓禿居然一直沒發現，這個結果兀然被留在早晨的玄關。若是客人的頭髮，就算是再小的禿斑她都會發現，想想還真怪。

緊接著冒出的疑問是，他本人是否早已發現。

順其自然——這句話，是啟介的口頭禪。智代一直以為他是個柔韌如柳的男人。可那樣的丈夫，頭上居然出現一塊圓禿。

智代獨自在玄關點點頭，感嘆了一聲「是喔」。這聲「是喔」不是驚訝也不是擔心或好笑。嘆出一口氣之後，她尋思這是什麼情緒。遲了一拍才挖掘出的情緒反應總是有點冷卻失溫。一直以為丈夫的看家本領就是能夠對眼前的難題淡然處之，看來他似乎發生了什麼愁得掉頭髮的問題。這下子該怎麼辦？尋思下一步對策的智代，直接跳過了煩惱的時間。

長子快要考高中時，他們不再全家跟著丈夫的調職四處遷徙，在札幌近郊的江別市買了先建後售的成屋。有美髮師執照的智代為了幫忙繳房貸，開始去附近超市內的美容院打工，至今已有八年。四周都是住宅區的大型超市，客層幾乎都是全家大小，智代主要負責替男士和小朋友剪髮。

夫妻倆的休假難得湊到一起，再加上一心忙著籌措兒子和女兒的學費，今年只剩半個月，接下來的日子，兩人想必也是每天累得像狗吧。

現在回想起來才發現，彼此竟然都沒提過自己的工作，甚至沒有互相發過牢騷。

日常生活產生的齟齬或差異，不是靠交談發現，而是看對方臉色的好壞，心情是否欠佳，是否感冒或喝太多酒來判斷。全是這種容易發現的小事。仔細想想，彼此從未靠對話解決過什麼問題。因為不用一直對話感覺相處特別輕鬆才選擇的丈夫，在幾乎無言的相處中出現圓禿，自己居然還能露出笑容，對於這個事實究竟該怎麼接受？她可以替有圓禿煩惱的客人提供諮商或建議，但丈夫和自己之間並沒有諮商窗口。

她試著對窗旁的鏡子攬鏡自照。上下成套的絨毛家居服外面罩著棉袍，臉上和昨天一樣在左頰有塊斑。太陽升起前的日光燈下，四十八歲的眼角和嘴角清晰落下影子。

圓禿——

她試著無聲嘟囔。她耿耿於懷的是啟介是否早已發現。就算找出原因，禿掉的地方也要過段時間才會再長出頭髮。想起那塊彷彿貼著膚色貼紙的禿斑，智代轉換念頭去廚房。從剛才煎火腿蛋直接端上桌當盤子用的黃色平底鍋開始清洗。早餐通常是吐司，火腿蛋，咖啡，有葉菜類時就直接放在荷包蛋旁燜炒。今天是小松菜。

啟介用過的餐具乾淨溜溜。看來至少胃口還不錯。

陽光越過鄰居家的屋頂照進來。地毯上的方形日光逐漸變小。

如果是只有一塊圓禿的單次性症狀，要幾個月才會好。如果是兩塊圓禿以上的多次性症狀，最少也要半年時間治療。當務之急是要改善環境讓症狀不再繼續惡化，但是如果不先搞清楚究竟是什麼原因讓免疫細胞出差錯，根本不可能改善環境。

她用手提式吸塵器清掃桌子周圍的麵包屑。只剩夫婦倆過日子後，地板也沒那麼容易髒了。趁著洗衣機運轉之際化妝更衣。在客層多半是家庭主婦的商店，除了負責接待年輕女客人的美髮師，其他員工無需在服裝或首飾下功夫。智代用心在店內保持「鄰家大嬸的形象」。彩色牛仔褲，夏天就穿有點童趣的卡通人物T恤，冬天則是簡單的長袖厚T恤，再加上工作圍裙。三十分鐘做好準備，把洗好的衣服晾完就出門。陽光出現才過了幾小時，天空已有雪雲低垂。和她給啟介帶的便當內容一樣，她拎著昨天的剩菜加厚蛋燒的便當，走過已經被踩硬的雪路。

啟介從高中畢業那年開始長達四十年的公務員生活，在北海道內的大小城鎮每隔兩、三年就調動一次。智代和他共度了其中的二十五年時間。過去生活中只出現過一次風波。當時為了懷孕的問題，婆媳之間發生衝突，啟介沒怎麼苦惱就站在智代這一邊，令母親大失所望。

他說如果不生兒子就不配做長媳，那他寧可放棄當長子。

照理說就算想放棄也不可能真的就不再是長子，但當時比啟介小三歲的弟弟欠了債躲回老家，父母的關注焦點理所當然偏向弟弟。智代也因此擺脫婆婆每天的電話轟炸。

孩子們從小到大和兩邊的祖父母關係都很淡薄，就算想屈指計算這樣換來的輕鬆和失去有多少，時光卻在一根手指都還沒彎下之際匆匆流逝。

從靠近太平洋的城鎮搬到面向鄂霍次克海的土地，再到瀕臨日本海的漁港小鎮，每次丈夫調職，她就打包行李、雙手抱著孩子，跟著舉家遷徙。雖然今年春天起家中又變回兩口人，但當初大家都預測智代會有的「空巢症」迄今沒有出現，連美容院的店長都覺得不可思議。

下午兩點，她和美髮沙龍「Aqua」的店長果穗在員工休息室一起吃便當。她斷斷續續提起今早發生的事。也說服自己，至少能說出來就不要緊。就在她把厚蛋燒放入口中時，果穗神情淡定地嘀咕，「一下子就禿了十圓那麼大啊。」

「這表示我平時根本沒仔細看過老公的背影對吧。」

「老實說，這是三十七歲的單身狗不了解的日常生活。之前在超市生魚片區遇見妳老公時，我覺得妳老公還挺有那種世外高人的味道。」

我也這麼想——智代把這句話和冷掉的白飯一起吞下肚。

「上次給他剪頭髮時，明明還沒禿。」

「我記得妳說過每隔三週就會在玄關替他剪一次頭髮是吧。」

果穗吃完超市便當區的人氣商品「串燒雞肉便當」，說聲「妳等一下」就走出休息室，很快又再次出現。

「成分應該還不錯，妳拿回去試試。如果長出頭髮了也能替我們打打廣告。」她將三瓶生髮劑樣品裝進紙袋遞給智代，「這樣正好等於一瓶生髮劑的量。」說完得意一笑。

「沒想到我老公會成為試用者。」

智代雖然道謝收下了，但是該怎麼勸啟介使用還是個問題。面對一個飄然如世外高人的男人，就是因為一直避開涉及自尊心的爭論才能共度二十五年。要以妻子而非理髮師的身分對禿髮提出意見很困難。有些事正因為是夫妻，才無法一笑置之。只能在心裡不斷嘀咕「禿頭啊」。

被問到「是單次性的吧」，她回答「大概是」。頭頂的地方除非逆著髮流翻開檢查，否則很難確定。

「不過他也快六十了，這個年紀就算頭髮全掉光變成禿頭也不稀奇。圓禿最讓人傷腦筋的就是那顯然是壓力造成的。」

「對啊，不過已經頭髮稀疏的弟弟突然打電話來哭訴好想死也很慘喔。那才更累。」

果穗有個在小出版社上班的弟弟。後來成了某紀實作家的責任編輯，也順手幫作家處理經紀事務，結果別家出版社替作家出的某本書成了暢銷書。於是對外聯絡的工作增加，本來的編輯工作反而遲滯不前，這時為了不知幾時才能拿到的稿子，弟弟的壓力終於到達頂點。就在他已經忍無可忍之際，把對外聯絡工作全丟給他的紀實作家宣稱想去溫泉區旅行，弟弟平日累積的不滿終於爆發。

「他居然跟人家說拿不到錢就做不下去，真搞不懂他怎麼會講那種話。他小時候明明是個軟弱膽怯的孩子。」

弟弟打電話對著剛起床的作家怒吼，結果他的帳戶立即收到他要求的一百萬圓，他也很快被解雇了。

「他身心俱疲地回到老家時，我本來還擔心他以後怎麼辦，但他現在任職的札幌那家紅酒專賣店的老闆人很好。上次擴大試飲區時，據說我弟還成了樓層主管。」

比智代年紀小了將近一輪的果穗用自身的家人問題安慰了智代。智代決定把啟介的禿髮也當成這樣可以說出口的小問題，給今天發生的事找到小小的妥協點。

果穗來美髮沙龍「Aqua」接任店長時，智代已經是深資的兼職美髮師。包括店長在內，店內有流動頻繁的五名員工和六張座位。面對智代這個本該在相處上格外小心翼翼的年長美髮師，果穗爽朗地笑著說「起初我超害怕的」，輕易就贏得智代的好感。

智代結婚時就很清楚啟介是個無法在一個地方安定下來的人。她像隨風飄送般和啟介攜手走到今天。

二十六年前，智代熬過學徒時期好不容易繼承了父親的理髮店，沒想到那間店被父親拿去抵債。身為女兒的自己只剩下手藝。哪怕只是拉開一公釐距離都好，她渴望逃離父親借新債還舊債的生活方式，所以幾乎不回娘家，近年來連電話都是一年只打一、兩次。

這時，果穗露出淘氣的眼神。

「智代姊，空巢症候群還是沒來嗎？」

「沒來。那玩意一定得有嗎？」

「在智代姊這個世代的客人中，有那種症狀的人應該佔壓倒性多數吧。和客人產生共鳴也是做生意的一種手段嘛。不過我其實很喜歡智代姊這種酷感。」

「那我會努力試著早點發現空巢。」

「我可沒逼妳非得那樣喔。」

她是在暗示智代和客人聊天時要「假裝」那樣吧。智代笑著回答「好啦」，把便當盒放回手提袋。

下午五點，智代幫臨時上門的小朋友剪完頭髮，收起工具，順道去超市的鮮魚區。買了半價的盒裝生魚片、一塊豆腐和一片油豆腐才離開。冷風幾乎刮破臉頰。在故鄉道東，整個冬天都很少下雪。她是來到雪鄉之後才知道，再怎麼大顆的雪花都沒有冬天的海風冷。

口袋裡的手機開始震動。她小心地不讓手機從手套上滑落，一邊看螢幕。是住在函館的妹妹乃理打來的。該不該接呢？對著只能選接聽或掛斷的螢幕猶豫片刻，智代還是接起妹妹的電話。

「姊，妳現在在哪？」

「在外面。剛下班。有事嗎？」
「說來有點話長，可以嗎？」
「那就麻煩妳長話短說。」
乃理響亮的嘆氣聲流入耳中。如果在不忙時接到電話，乃理可以一個人滔滔不絕至少一小時，是個頭痛人物。既然她一開始就表明說來話長，可能真的會講很久吧。走路回家要十五分鐘，但願乃理能在這段期間講完。
「是媽媽啦，她好像痴呆了。」
「什麼意思？」
「就跟妳說她痴呆了嘛。她說不知道自己站在廚房想做什麼，然後就哭了。還說記性變得很差，有時會被人笑所以已經不想出門了。她突然這樣告訴我，妳說我能怎樣。」
「是最近的事？」
「就剛剛，她在電話裡說的。我之前每隔兩、三天跟她講電話時，明明一切還很正常。問她還好嗎她都說很好。問她有沒有哪裡不對勁她也說沒有。結果，難得爸爸接電話，居然劈頭就這麼告訴我，嚇我一大跳。我好心打電話過去問候，憑什麼還得挨罵，簡直莫名其妙。」

父親發脾氣那是家常便飯吧。他如果哪天不生氣反而恐怕會生病。

「他幹嘛罵妳？」

「我只是問他那種狀態下兩人自己生活行不行。結果他就突然罵我說『妳懂個屁』。」

風還是很冷。今天不知道是智代走得快，還是感覺時間特別短，只要再走五分鐘就到家了。

「知道了。」

她竭盡全力說出現在能說的話，但乃理並沒有聽懂。

「所以，我接下來要說的才是我打電話給妳的目的。我希望妳去看一下。」

她問看什麼，妹妹說看爸媽。

「他們現在到底怎麼過日子，妳難道不會很擔心嗎？萬一失火那可不得了，況且兩人都還有駕照和汽車。我其實很想立刻回去，但我家有準考生。年底到年初這段時間走不開。妳家小孩都已經離家了，夫妻倆應該說走就能走吧。」

這些年智代和父母的來往一直保持在最低限度，甚至可以說毫不來往。現在這是來討債了。不知道是不是故意的，乃理使出這記自己都覺得怪異的刺拳，想試探對父母薄情寡義的姊姊有何反應。

「什麼說走就能走，我到年底都有工作呢。」

但妳那是兼職應該很好請假吧！妹妹質問的聲音越來越高。

「爸爸最不希望被妳抓著他們的弱點，所以自己開不了這個口。畢竟當初是他整天捧著妳滿口繼承人長繼承人短的，妳國中一畢業就把妳送去理髮店做學徒，結果他卻搞出一屁股爛帳，只好把店面拿去抵債。這些年無論打電話或回娘家，勤快的都只有我一個人不是嗎？雖說爸媽的確也因此一直保持和我家互相幫助的關係啦。但是這件事和姊妳也有關喔。妳或許以為當初私奔就已經和家裡斷絕關係了，但是現實不是這樣。爸爸只是不想和妳講話後必須承認幾乎被妳遺棄的事實。雖然他很任性，但父母畢竟是父母。妳也差不多該抬起屁股出面做點事了吧。」

喇叭聲震耳欲聾。自己似乎差點闖紅燈。智代慌忙退回人行道，深吸一口氣。幾乎連肺都凍僵的冬日寒風，剎時流入體內。右手握著的電話中，發出乃理的高分貝聲音。

「喂？姊？妳到底有沒有在聽我說話？」

她瞪著螢幕看了一會才回答「知道了」。也不知道究竟知道了什麼就結束通話。

抬頭一看，厚重的暗紫色雲層覆蓋天空。父親被妹妹一問「行不行」就暴怒，想必正是因為一點也不行吧。雖然只要再走一百公尺便可到家，雙腳卻格外沉重。

今年春天結束育兒期後，這間小房子成了啟介和智代的終老之處。還得再付二十幾年的房貸，每月繳的金額其實和租房子差不多。雖然這種狀態不知道算是買還是租，但是這間房子附帶著萬一罹患重病可以當場以房抵債的保險，暗藏著這種讓人往左也不是向右也不是的不可思議感。然而，當初簽約房子，一邊蓋章一邊嘟囔著「錢可買不到健康」的是啟介。

智代把圍巾拉高裹著臉頰，朝家門走去時，想起年輕時被迫頂讓店面的日子。是那年道東最冷的一個十二月夜晚。

不再參加理容競賽後，更加無心工作的父親冷不防宣告。

年底之前要把店關掉——

所謂身體懸空踩不到地，大概就是形容那種時候吧。

父親雖然手藝好，對於賴以維生的理髮店卻不熱衷經營。事到如今智代才理解，是公開與人競爭的競技賽把他綁在理髮店。這個喜歡「不能輸」、「想贏」這種字眼的男人，經常有人慫恿他從事副業，他每次都被類似的人詐騙。即使屢次吃虧，一再嘗到投資和保證人的印章有多可怕，父親還是會立刻奔向別人提議的另一門生意。但是無論何時，他都沒有放棄街角的小理髮店，唯獨那次不同。

他在深山買了一塊有溫泉的土地後，北海道的深山也被泡沫經濟瓦解的餘波波及。本該成為度假飯店老闆的男人，只剩下一屁股債。

死不悔改地涉足新事業又不斷被新狀況拋棄的父親，再次身無分文。被繼承人這句甜言蜜語沖昏頭的自己，也和父親一樣是個自私的人。從此，她再也沒有自己開店的夢想。

對當時是理髮店客人的啟介宣告要關店時，智代對人生的見解發生了一百八十度的轉變。

——如果方便的話，妳下一間店我也會去光顧。

她說沒有下一間店了，啟介脫口而出的話帶著顫抖。

——那妳可以一輩子替我洗頭嗎？

那天讓智代脫離父親債務的男人，有著為她開啟新一扇門的力量。能夠把父母是否同意婚事遠遠拋到一旁，大概是因為當時年輕吧。她對母親充滿怨恨的話語也充耳不聞，逕自離家。若說是沉醉在私奔這個字眼，或許的確是。

正如他的「搬家等於是工作」這句話所言，他們從未在一個地方住滿三年。不知是什麼宿命，每次搬家就離故鄉更遠，似乎也沖淡了地緣和血緣的分量，或許本就天性涼薄，智代本身倒也有點享受那樣的生活。

「十圓大的圓禿啊。」

話語冷不防灑落在雪路上。兩週前替他理髮時還沒有。就算圓禿再怎麼小，如果有一定會發現。踩到落在冰面的雪讓她腳下一滑。雙腿用力勉強穩住時，腰部竄過一陣刺痛。

晚間九點，她洗完澡正在貼痠痛貼布時，啟介回來了。

「怎麼了？」

「腰痛。下班回來時滑了一下。好像壞就壞在不該雙腳用力撐住。」

「這個年紀就算直接就勢摔倒，恐怕也不見得會比較好。」

因為有天氣一冷腰部和大腿就發麻的老毛病，丈夫這句沒有惡意的話聽來格外刺耳。

她烤了油豆腐，和生魚片一起端上餐桌。豆腐做涼拌。一如往常，再添上芋頭燒酒兌熱開水，就是兩人的晚餐。孩子們離家後，肉類料理極端減少。有時蔬菜攝取不足，隔天早上就會喝蔬菜汁補充。

洗完澡的啟介喝了一口燒酒兌熱開水時，智代指著自己的後腦。

「阿啟，你這裡，你自己注意到了嗎？」

瞬間的靦腆笑意後，笑臉重重落下。啟介像要掩藏泡澡泡太久的鬆垮紅臉似地低下頭。

「幾時開始的？」

「不知道。我後面又沒有長眼睛。」

丈夫抬頭吃生魚片時，表情已經恢復正常。說到後面沒有長眼睛，自己也一樣。智代也去夾生魚片。

「如果在意，直接去醫院比較快喔。」

「這該看哪一科？」

「皮膚科。如果不會增加就不用擔心，我想也不用太緊張。」

當下就會被察覺的刻意顧慮反而傷人。這種時候就得毫不遲疑地問出口。

「你是不是有心事？」

啟介沉吟著又喝了一口燒酒。盤旋在智代頭頂的「失智」和「禿頭」，似乎化為麻煩色彩的小鳥死都不肯離開。

「為了女人？」

「我可沒那麼多精力。」

對於啟介五十歲後第一次單身赴任時的懷疑，智代並未探求一個明確的結果。畢竟他恢復從家裡通勤上下班後再也沒有可疑跡象，智代也不想再重回那段忍不住講話帶刺、打探他心事的時期。拔不掉的棘刺或肉刺，靠著「不奢求太多」已經解決了。現在如果還會為了女人而禿頭，那她這個做老婆的也太沒面子。

「感覺上，原因似乎很複雜。叫我說出究竟是哪一個原因造成的，我自己也不大清楚。如果要找理由，年齡或體力之類的因素很多吧，況且我也快花甲之年了。」

應該不是「年齡和體力」的問題。個性不知道該說是像鰻魚滑溜還是像柳樹柔軟的啟介，開始顧左右而言他地逃避，可見此刻並非深入追究的好時機。既然他自己說出花甲之年這種字眼，想歸因於那個，問題的根源應該會更具體一點。

「是喔，花甲之年啊。離我還有點遙遠。阿啟，幸好你娶了個嫩妻呢。」

丈夫的乾笑聲在桌面反彈，餐桌好像稍微熱鬧一點了。只要「失智」和「禿頭」肯離開腦海，這就是最安寧的夜晚。

「我有我們店裡賣的生髮劑試用品，你要用用看嗎？」
「該不會用了以後圓禿還在，只有其他地方的頭髮越來越長吧。」
「那樣也不錯啊。頭髮長長的話起碼可以蓋住圓禿。雖然我不知道你的工作單位能否接受那種髮型，不過最近還蠻多男人綁馬尾喔。」
「好吧，我試試。」
「要不要幫你染一下遮住膚色？」
「不，不需要。反正周遭的人應該也早就發現了。如果上司禿頭了我也會發現，而且也不好意思說。」
「周遭的人的確很難開口。」
啟介嗯了一聲點點頭，眼神忽然有點恍惚。
「對了，很久以前的單位，有個主管也有類似的圓禿，年輕人趁著喝醉隨手畫他的大頭像，結果鬧得很大。」
「那個年輕人，後來怎樣了？」
「過完年立刻收到調職通知。那個上司心胸很狹窄。」

互相迴避根本問題的日子過久了，不知不覺就成了生活。

兩人守住的是自己張開雙手能夠手拉手的範圍內，「家族」這個集合體中並不包括彼此的父母和手足。

他們從小就被暗示將來有一天必須照顧父母，因此哪怕只是一步也好，能夠躲開那件事，就算只是暫時將問題延後，對現在的兩人而言已是值得感恩的獎勵。

長子長女，繼承家墓，責任，這些問題被一股腦用包袱巾包裹，他們在無論搭火車或開車走高速公路都得五個小時才能抵達父母家的地方買了房子。這個讓熱湯徹底冷掉的距離，對當時的兩人而言恰恰好。

剩下一口燒酒，智代自問，「那麼現在呢？」回想兩人的十年前，當時還忙著養小孩，雙方父母的個性也很強勢。距離父母嘴硬宣稱「絕不靠任何人照顧」，多少還帶有幾分自信的彼時，轉眼已經過了十年。

空巢症候群嗎——

啟介問她在說什麼，她這才驚覺說出了口，連忙回答沒什麼。

「空巢症候群？」

「你分明聽見了嘛。」

她告訴丈夫，同事似乎都很期待她出現這種症狀。

「孩子們長大離家，媽媽就會突然寂寞空虛的那種症狀嗎？」

「就算只是和客人聊天時，好像也得配合一下比較好。如果我說沒那麼寂寞，大概會顯得我這人有點不可愛吧。」

是喔，啟介點點頭，一邊嘀咕，「硬要說的話，我應該是燃盡症候群[1]吧。」

與其說感情淡薄，不如說是不求立刻有結果的個性，所以兩人才能保持同樣的步調。就算不是特別想要，遲早也會不容分說地出現結果。生活就是一連串的認命——雖然沒說出口，但她早已發現。

啟介在廚房調第二杯燒酒，倒了一半在智代的杯子。

「如果能夠說出來，基本上應該已經脫離危機。」

---

1 燃盡症候群，或稱職業倦怠，對工作突然失去熱情和幹勁，身心疲勞與耗竭的狀態。

這句話冷不防脫口而出，她急忙藏進內心深處，刻意不去探究話中之意。不急著求結果的妻子也一樣，從來沒說什麼「既然是夫妻就該有話直說」，就這麼過到現在。

「是啊。」

像柳樹一樣的男人，不能碰觸的自尊邊緣。她已經老到足以察覺正因為是危險邊緣，反而格外安靜。丈夫的內心究竟藏著什麼？是拿什麼來維持這段關係？從內心深處湧現的疑問，被她急忙掩蓋。

啟介在洗臉台前開始刷牙，她也站在旁邊拿起牙刷。神色倦怠的夫婦倆並肩站在鏡子前。晚上熬夜早上賴床的孩子們還在家時，她整天只顧著抱怨。從來不曾這樣兩人並肩站在鏡子前互相打量。

兩人各自接近六十和五十大關的現在，降臨的生活太安靜，智代甚至差點錯覺自己打從一開始就想要這種時光。既然能夠有如此安穩的時光，那麼過去外面的女人若隱若現的陰影，她希望也能徹底消散。

兩個孩子都離家，這還不到一年呢，智代搖搖頭。不經意想起傍晚乃理打來的那通電話。內心邊緣的肉刺掀起。她似乎任由牙膏沾在牙刷上就這麼愣住了。啟介邊在牙齦塗抹齒槽漏膿藥，邊問她，「怎麼了？」她對著鏡中的丈夫說出心底那根肉刺。

「住在釧路的母親好像失智了。傍晚函館那邊打電話給我。就算叫我去看看我也做不到。況且如果我突然去看他們，他們八成也會嚇到。」

「妳多久沒見他們了？」

「三年。上次見面還是奶奶的三週年忌日吧。那時不是還在說新生意如何如何。」

「妳爸應該已經不必為債務焦頭爛額了吧？」

「就我聽到的是這樣。現在好像靠著勉強保住的出租公寓收租生活。」

「我知道妳不想見他們。因為我也理解，考慮到責任等等問題時，絕不可能心無芥蒂。」

「你家那邊呢？有打電話嗎？」

「有時他們會打來，聽起來應該還好。」

啟介沒有多說，匆匆上了二樓。兩人一旦開始父母的話題，就會和內心沉睡的「責任」交戰一陣子。

當晚，智代猶豫是否該邀請啟介上自己的床，但聽見鼾聲傳來後，還是放棄了。

冬日北風不知和哪產生共鳴，發出的笛音呼嘯而過。把今天的疲憊和明天的工作放在天秤兩端，直到睡意湧現，還在左思右想找不出答案的時候越來越多。身體雖然不再發熱，卻也不覺得寂寞。過去和未來都不會換牌子的鬍後水的氣味飄來。

鼾聲停止，響起被子窸窸窣窣的聲音。啟介幽幽呢喃。

「怎麼都是痠痛貼布的味道。」

「別說這種讓人睡意全消的話好嗎。」

風聲漸高。

雪越積越厚，將整個城市染成銀白。平安夜的三天前，店長果穗打扮成聖誕老人。

一如母親沒有出現空巢症候群，孩子們似乎也完全不想家。兩人相繼傳訊息說新年假期各有去處不回來了。到去年為止，聖誕節和正月新年都還是全家小小的慶祝活動，從來沒有任何人缺席。智代說今年將是安靜的新年，果穗回她一句「正好可以和老公過兩人世界」。

「與其說是新年，我只覺得是一如往常的下個月。只不過從今天變成明天，好像什麼也沒變。」

「智代姊，你講話和我爸媽一模一樣。那種感覺，是徹底的老化現象。酷感越發犀利欸。或許不該說是酷，應該說是膽小吧。」

「膽小」這個字眼，令智代歪頭納悶。智代的反應似乎出乎意料，原本要離開休息室的果穗也不由停下腳步。

「我講錯什麼話了嗎？」

「不，我只是覺得膽小這個形容詞有點新鮮。」

「我不久前看書上說，如果有麻木當武器就不會過度受傷，所以才一時有感而發。因為我覺得，那與其說是武器，其實是為了保護自己吧。」

「店長看的書好深奧啊。」

「沒有啦，光是翻開書就已滿足了。」

「被聖誕老人這麼開示，或許有點幸運。」

果穗嘿嘿笑著戴上紅色三角帽。智代一邊收拾便當，繼續在心裡反覆咀嚼「膽小」這個字眼。

膽小……嗎？

只剩她和啟介兩人過年，或許至少應該想點特別的年菜——就在她這麼猶豫之際，美髮沙龍「Aqua」店長出名的聖誕老人扮裝活動結束了。

除夕當天是下午三點打烊，花了一小時在店裡大掃除後，開始新年假期。老闆來了，說要提早發紅包，一邊將印有門松圖案的紅包袋逐一交給每個人。從二十五歲的年輕店員到智代，一字排開的五名員工中，有三人是兼職。老闆黝黑光滑的圓臉一年到頭從來沒變，據他本人的說法是「南部人天生黑肉底」，按照果穗的消息來源則是「日曬房的人工成果」。

「各位，今年也平安無事地迎來工作結束的一天。辛苦了。過完年從初六開始營業。新的一年，我也想迎向新挑戰。屆時還要請大家多幫忙。過年期間也要注意身體，期待過完年能看到精神百倍的各位。新年快樂！」

老闆的視線似乎在一瞬間停在智代身上。得知那並非她多心，是在她和鎖好門的果穗並肩站在店前時。

「智代姊，如果妳現在要直接回家，那我送妳吧。」

果穗說，她有點事情想說。智代感激地上了停在店後方的廂型車。擋風玻璃結了一層薄冰。暖車之際，在呼呼作響的暖氣聲中，果穗說：

「老闆好像打算從這裡撤退。聽說明年八月店租就到期了。」

「他不打算續租？」

「一方面是要在札幌找地方開店，而且如果是郊外，據說可以自建公寓附帶店面，用收到的租金來付貸款。他現在似乎正在考慮要不要續租。」

之前老闆提到的「新挑戰」這個字眼重現腦海，智代一時也想不出該說什麼。她問果穗是幾時聽說的，果穗回答「剛剛」。

「新挑戰啊。他會對店長這麼說，或許表示他心裡已經有決定了。」

「那個不好說。不過，就算這間店要收掉，他說也不可能將全體員工都轉移到新店面。」

果穗在尚未完全暖起來的車內吐出一口白氣，嘟囔著「我還滿喜歡這間店的」。

「到春天應該就會有明確的結果吧？」

「應該是。或許我也到了該好好思考各方面的時期。」

果穗踏入社會工作後就一直在針對家庭客層的「Aqua」上班。也累積了足夠開店的資格和經驗。今後是該繼續受雇，抑或自己開間小店？機會不可能經常出現。

「有時候想好歹該完全按照自己的喜好開一次店，可是有時又覺得這樣打造出的理想店面，是否能引來理想的客層又是另一個問題。我弟也總算安頓下來，聲稱將來想自己開一家葡萄酒專賣店，我爸媽都高興得哭了。甚至說要把我家改建成二世代住宅讓他開店。我如果拋開自尊跟著撿便宜，恐怕將來只會更麻煩。

況且老闆把我栽培成全能選手對我有恩，身為美髮師也覺得還沒有徹底燃燒。也不知道該拿沒有燃燒完的東西怎麼辦。」

沒燃燒完的東西……嗎。她想起就在自己一心盤算著繼承父親的店舖改成自己的店的當下，難以形容的失落感。

「從頭開始或許很重要。我們——或許這樣一概而論很失禮——不年輕反而也是我們的優勢。」

她問這是什麼意思，果穗回答「因為過去和未來可以找到折衷點」。在說出口之前，並非就已有明確成型的想法。是說完之後，才對自己說的話恍然大悟。白濛濛的吐氣漸淡，暖氣終於充滿整個車內。

「就算要開始，也得從借錢開始起步。自立門戶說來簡單，可我也沒有金主投資。」

「如果有投資人，也可能因為對方的原因輕易失去那間店。我倒覺得這時還是應該咬牙撐住，自己出資或許比較好。」

「妳是指以前提過的，繼承妳父親店面時的事嗎？」

「那個——是我當時太天真了，在各方面。」

她就這麼隨風飄了很久很久。二十二歲跌了那一跤後，心情一直擱置著沒整理，只是跟著風一樣的男人四處遷徙。結婚生子，育兒，送孩子出門自立，照理說應該也有過種種感情和幸福，但是事過境遷，一切好像都只是無聲電影的一格畫面。聲音被擱置在某處，必須事後逐一加上字幕。

當時沒有停在原地咬牙撐住的身體，意外地輕盈。

「當時沒去做的事，和沒能做到的事，雖然同樣都是過去否定式，但我現在覺得，其實大不相同。」

「不是也有句話說沒有做不到的事嗎。」

「借錢啊……」果穗說著報以乾笑，似乎已平息說出口的話造成的動搖。想到若是自己會怎樣和未完全燃燒的餘燼取得折衷點時，智代的內心有柔和的火焰飄搖，雖然很微渺。

真的還有什麼餘燼嗎——

硬要探究的話，恐怕會否定什麼。只停留在火焰飄搖就好。萬一動作太大熄滅了——啊，她恍然大悟。火焰自然熄滅，或者人為熄滅火焰，看起來都是同樣的結局。

回到家，啟介正在廚房。

二十八日下班後開始放年假的啟介，從隔天開始早上睡到自然醒的生活，宣稱要用昨天和今天解決年底大掃除和洗衣服。得知今年只有夫妻倆過年後，新年也變成只是跨過一天的日子。

「你在幹嘛？」

洗手漱口後去廚房一看，啟介正把生魚片從保麗龍容器移到盤子。一旁還有標明二至三人份的西式開胃菜。

「我想好歹也得有個過年的樣子。不管怎樣總是結束了一年。」

「到去年為止還有像是做給孩子看的儀式呢。」

不得不給平凡無奇的今天與明天畫出明確分界線的理由，就是孩子。

「雖說只有咱們倆，但是和平時不同也很重要喔。」

連著幾天互相表示今年終於什麼都不用做的結論，被啟介的一句話抹消，只剩下真的什麼都沒做的智代一人。

看著裝盤的生魚片，這幾年的新年情景閃過智代的腦海。孩子的升學考試，就業應徵，感冒，親子吵架，印象中好像每年都是抱著什麼問題過年。有一年一家四口還為了發洩情緒跑去KTV唱歌。然而，無論是哪一幕，兩人都沒有把逐漸老去的父母加進來。

在這種一直對家庭儀式和關係避而不談的家庭，孩子們也長成同樣不關心儀式的人。現在或許又會有誰譴責她的不寂寞吧。智代再次回顧今天，一邊頷首說「原來如此」。種什麼因得什麼果，大概就是指這種情形吧。即便不知道實際上到底寂不寂寞，還是得裝出寂寞的樣子，否則周遭的人不相信。

看似幸福，看似不幸，看似寂寞，看似可憐，看似開心——為了看起來像那樣而做過的事，以及沒做過的事，在內心逐一分開。或許是年底和正月的影響，隱約可窺見擦身而過的人與人之間關係的真面目。

晚餐是以鮪魚肚為主的生魚片和西式開胃菜、炸雞、紅白魚糕切片。「你可真是精心準備啊。」她說，啟介聽了得意地說，「還好啦。」

在這個如果雙方不說話就只剩電視聲的家中，夫妻倆迎來除夕。正在充電的手機突然震動。一看螢幕，是老闆在 Line 群組裡傳了「新年快樂」的貼圖。就在之前，果穗說的「撤退」突然感覺近在眼前，看著紅白歌謠大賽的開場畫面，她冷不防開口。

「雖然可能要春天才會確定，但是聽說『Aqua』也許會撤出超市。」

啟介把拿到手邊的罐裝啤酒放回桌上。本來正打算在第一首歌播出前兩人乾個杯，這時出現異樣的沉默。

「你怎麼了？乾杯慰勞一下一年的辛苦吧。」

即使她舉起杯子，啟介還是沒拉開罐裝啤酒的拉環。

「妳做八年了吧？」他問。

「是沒錯，不過我只是兼職，而且這件事也還不確定。如果真的發生了，到時再考慮就是了。」

「很多事情我們以為恆久不變，安靜平穩，其實背後有各種事物在活動。大抵上，在那種不想看就看不見的地方活動的最麻煩。」

啟介長嘆一口氣後，重新振作似地站起來。他打開冰箱去拿寶特瓶裝的南非國寶茶。智代心想，那啤酒怎麼辦？一邊看著丈夫倒茶。

「不管怎樣，至少把生魚片和生鮮的東西解決吧。」

她問為何不喝啤酒，丈夫回答「喝酒不能開車」。

「開車？你要去哪裡？就算要新年參拜也等睡一覺起來再去吧。你不是每次都說在附近神社參拜就好。」

「有時也會突然心血來潮嘛。一年就這麼一次，咱們倆去哪逛逛吧。」

唯有這種時候，除夕才令人在意。她也不好再問馬上都要十二點了還能去哪，在啟介的催促下吃掉生魚片和生鮮食物。沒有配著小酒的生魚片好像怪怪的，但是啟介有點亢奮地把啤酒放回冰箱的樣子更新鮮，智代當下也只好努力跟著湊趣。

孩子們毫無音訊，彼此也沒給老家父母打電話。夫妻倆這頓安靜的年夜飯不到一小時就結束了。

洗完碗盤時，電視開始播出的，是今年特別流行的一首歌。

啟介說著「好久沒有這麼暢銷的歌曲了」一邊套上毛衣。看他穿上內側有絨毛的防寒長褲，似乎是動真格的。看著他檢查窗邊暖氣面板上的數字並一一關掉的身影，智代也加快動作。給天天洗頭已經泡爛的指尖抹護手霜時，啟介說要先去除雪就出門了。看來越發當真了，智代急忙把盥洗用具扔進環保袋。不管怎樣先塞了兩天份的內衣。就算累得明天就回來，總之沒有換洗衣物應該會很好笑。

啟介除去車子和家門前的積雪後回到玄關，拍去肩頭和背上的殘雪。她開始覺得，明年就放鬆全身力氣、順其自然或許也不錯。

「我先去暖車。妳準備好了就出發。」

「知道了。我會穿上防寒內衣全副武裝。」

不告訴任何人就在除夕夜離家，感覺充滿難以形容的刺激。甚至沒通知孩子們，兩人就突然消失。她沒問啟介目的地是哪裡。驀然心生懷念，智代思索著原因。但直至穿上防滑短靴時，她才赫然察覺和當初決定與啟介結婚時有點像。

逃離大麻煩時，會陷入莫名的爽快感。她是到近年來才明白別人或許也是如此。

十分鐘後，車子駛入城市外圍的交流道。望著細雪聚集在擋風玻璃上又散開，她覺得好像會被拉進另一個世界。雪道底下已結冰。在高速公路的入口，啟介毫不遲疑地選擇道東，令她很意外。

「要去東邊？」

「我想哪怕只是一分一毫也好，越接近新年第一天的日出，應該越是好兆頭。」

「走這種雪路，哪有什麼好兆頭可言。最危險的是我們。」

不知今晚住何處，也不知目的地，就這麼出發，便是今年的最後一樁任務。一天替十人剪髮的疲勞也消失無蹤。現在才後知後覺想起這幾天一直飽受腰痛折磨。

「我都忘了腰痛。」

「最好順便也把我的禿頭忘了。」

當她指出他的後腦又多出一小塊圓禿時，啟介說今後就算增再多也別告訴他。後腦的頭髮現在修剪得比較長，可以遮住較小的那塊圓禿。他似乎還拿不定主意是否要去看醫生。

車子一路向東奔馳，不時和對向來車交錯而過。她試著對必須在除夕夜前往某處的那些車輛做出種種想像。就算想趕路，路面已經凍結。不管在哪打滑都不足為奇。後方的車子也時有時無。智代期待著前方究竟會有什麼。在這種心態旁，也蜷伏著除了父母生死大事之外從不認為有必要奔馳雪道的每一天。

厭倦單調的深夜雪道時，啟介在雪已停的嶺上休息站停車。他走出車外，活動身體。智代也下了副駕座做伸展運動。還保持剛吐出形狀的白氣，立刻凍結化為沉重煙霧。

她從皮包取出零錢包，奔向唯有那裡燈光明亮的自動販賣機。買了一罐無糖咖啡，一罐奶茶。按下紅燈後，熱呼呼的罐子落下。轉身奔跑的前方，亮著霧燈的車子正在等智代。

智代察覺到如果沒有那燈光，她就不知道該往哪跑才好，頓時裹足不前。那種感覺只維持不到一秒，就像橫越風的通道。

或許是看膩了單調的冬夜道路，她睡著了一會。醒來時車子已經停下，駕駛座的啟介把椅背稍微放倒，交抱雙臂。臉頰和緊閉的雙眼在方向盤周圍的光線中浮現。距離天亮好像還早。

她凝神看車外，想知道這是哪裡。好像是路旁的停車格。沒有雪，可見應該已經抵達道東。看儀表板的數位顯示現在是凌晨三點三十分。距離天亮還有段時間。

駕駛座傳來輕微的鼾聲，和不時發出震動的引擎聲重疊。大型卡車駛過國道，傳來一陣震動。當黑暗降臨時，聲音更加執拗地留在耳中。

智代把防寒內衣的高領拉到耳朵附近。口很渴，但是沒有水可喝。從停車地點可見的範圍內好像沒有超商。無奈之下，只好用罐底殘餘的奶茶潤喉。

啟介醒了。

「阿啟，這是哪裡？」

啟介簡短回答，「白糠。」她說口渴。啟介把放倒的椅背重新豎直，下車伸展身體後，頻頻嚷著「冷死了」鑽回駕駛座。

「肯定只有零下十度。這下子睡意全消。大概睡了一小時左右吧。」

他說聽見副駕座傳來規律的鼾聲，自己也跟著想睡了，於是把車停在釧路前的街上。

「前面不遠就有超商。去借廁所，順便買個三明治吧。」

車子緩緩駛上國道。前方，就是智代出生的地方。打盹之際已迎來新的一年，來到很遠的地方。離家時的亢奮感幾乎完全消失。

「新年快樂。今年也請多關照。」

「彼此彼此，請多關照。」

駕駛座和副駕座之間的拜年很可笑，雖然這麼說出口，但是完全沒有過新年的感覺。

「果然是釧路啊。」她咕噥。

「我覺得這是好機會喔。」啟介也幽幽回話。

「育兒告一段落，父母老了，我們也累了。」

「這樣子，算是好機會？」

「行動的機會吧，或者說是向前跨出一步的藉口，這麼說或許比較容易理解？」

啟介說的「向前跨出一步的藉口」，似乎出自想肯定彼此身為長子長女的束縛這種心態。「怎麼忽然說起這個？」智代問，啟介的回答很輕快。

「我覺得或許已經到了那樣會更輕鬆的時期。可以把避而不談的期間發生過的好事和不好的事，全面性地客觀看待吧。當然我並不是要勉強妳去做什麼。我只是覺得或許那也是一個解開過去的心結，讓彼此輕鬆的方法。」

這些年來她一直靠著老家的爸媽和妹妹夫妻之間關係親密而感到解脫。就連表面上都不被需要，一直讓智代很慶幸。

「元旦去我娘家，能夠讓今後有什麼改變？」

數秒的沉默後，啟介回答「我也不知道」。

去超商借洗手間，買了三明治和水、咖啡和零食、糖果。無論是期望的或無法說服自己的事，時間都同等流逝，總之新的一年來臨了。

抵達釧路，啟介首先去的地方是靠海的神社。參拜者必須走上陡坡。智代也和啟介連袂上坡。穿著防寒長褲和羽絨服走到鳥居前，參拜者早已大排長龍。天空緩緩泛白，海風吹向天空。任由吹起的風刮過臉頰，把錢扔進功德箱後，智代猶豫著該許什麼願，最後只是重複「全家平安」這四個字。

從神社附近的高地公園仰望逐漸亮起的天空。她沒想到竟會在故鄉迎來元旦的日出。智代看著太陽的反方向。本該以美髮師身分掌管的理髮店，歷經幾任店主和土地重劃，如今變成超商。想像遼闊停車場的那一帶放著鏡子、椅子的舉動，好像也帶點儀式的味道。就算去想像或追憶，也並不難過。始終沒有降臨的悲傷，類似好不了的傷口，永遠潮濕。

回到車上，等手暖熱後才打電話給父母。她從未在元旦一大早打過電話。她問啟介該說什麼好，丈夫神情淡然說「當然是拜年呀」。

「最近好像越來越懶得應付不想見的人或相處尷尬的人了。也不是說新年頭一天就要為老後做準備，但這樣輕快地踏出一步，我想或許也不壞。」

「聽起來，其實都是為了自己方便吧？」

「如果沒有人丟臉，事情可能永遠不會有任何進展。」

她覺得好麻煩，但她沒說出口，還是動手撥了電話。父母現在住的房子，並非智代從小長大的地方。而是父親手頭比較寬裕時買的獨棟中古屋。那棟對老夫婦倆而言大而無當，滿足父親虛榮心的房子，智代始終無法喜歡。

坐在溫暖的副駕駛座，她聽見母親久違的聲音。沒有乃理說的那種痴呆感。毋寧是爽朗歡快的。

拜年後，她說自己現在人在釧路。關於智代為何會在釧路，母親沒有任何反應。智代一時之間還沒發現，其實光是這點就不對勁了。

「我想去探望你們，又怕時間太早。」

「隨時都可以來喔。」

乃理的話清晰閃現腦海，是在母親叫父親來聽電話時，拿著話筒說出的一句話。

「爸爸，電話。不知道是誰，說想來我們家。」

她不禁望向啟介。

「怎麼了？」

「媽剛才講電話時好像根本不知道我是誰。」

想著母親究竟把熱情對話的人當成誰，她很驚訝自己對於被母親遺忘竟然毫不難過。

父親接過電話後問，「不好意思，請問是哪位？」她連忙報上名字。「是妳啊。」父親的語氣頓時變得隨意，那同樣令人心情凝重。她再次拜年問候。

「我們是開車來的。剛去嚴島神社做完新年參拜。突然打擾不好意思。」

父親說聲「這樣啊」就此沉默。她詢問母親的狀況。

「記性變得越來越差。但只要我還清醒就沒問題。兩個老的也沒什麼好過年的，不過你們既然都來了，可以過來坐坐。」

因為拜年變成必須回娘家這倒是無所謂，但心情絲毫高興不起來。儘管早就隱約察覺不受歡迎，父親那句「可以過來坐坐」還是和啟介說的「跨出一步為老後做準備」有點格格不入。無論是不是即將年滿五十，和父母見面會尷尬這點，今後肯定也不會變。

她告訴啟介，他們似乎不太受歡迎，啟介說那也沒辦法。從昨晚至今的過程中唯一有趣的，就是剛離家那幾小時，直到翻過山嶺為止。

參拜完畢的人們逐漸離開停車場。智代不想從剛剛暖起來的車中離開。

「欸，我們為老後做準備跨出的一步，究竟是什麼？」

啟介沒回答智代這個問題，就發動車子。從神社到父母住的地方，距離不到五分鐘。她試著整理這股早上八點去見父母的不可思議之感，以及今天是元旦的驚訝之情，加上造訪的意義。

即便到了父母家門口，她仍未找到理想的答案。

父親最後一次做生意，是在河邊開賓館。聽說他買下中古旅館，經營了十年左右才賣掉。現在靠著勉強保住的出租公寓的收入維生。想想他過去做的那些事，可以說不賺不賠就已經很好了。

母親瘦得幾乎無法想像年輕時的豐腴。圓臉的輪廓依然如昔，但下垂的臉頰、白髮、枯瘦的雙腿讓母親看起來更加高齡。

智代啞然之際，啟介已經拜完年喝起父親泡的茶。平日生活難以想像的元旦，在外人看來卻只是極為普通的新年風景。她察覺只要換個角度來看，事事皆可能顯得普通，便更加想不出合適的話語了。

和徹底縮水的母親成對比，父親除了裝假牙講話有點不方便之外，感覺上似乎比三年前還年輕。

「你們來釧路和來家裡都很稀奇。不過看你們健康就好。」

「爸，這麼久沒來探望您真不好意思。」

「如果元旦就道歉，一整年都得道歉喔。彼此都過得好就行了。」

父親的聲音爽朗得幾乎足以抹去電話中的印象。突然來訪的理由還沒被問起。關於父親過去在金錢方面的失敗，關於智代逃避父親的這二十幾年，父女倆各自放至一旁微笑不提。

對彼此不想碰觸的問題避而不談的時光，近似各自擁有同樣的武器。平和且平穩。

父母作為生活空間的房間，與其稱為客廳，更像是用途錯誤的酒吧或沙龍。彎曲的迷你型吧台背後有紙屏風式拉門，再過去是廚房。格局足以容納三十人左右開雞尾酒會。

這充滿浪費的空間，似乎如實道出父親在此居住的生活方式，讓她待得更不自在。

初次來這裡時父親的說法是「如果是這樣的房子，我倒可以賞臉住住看」。反正在女兒面前怎麼撒謊都不犯法。她應該是直到最近，才開始同情似乎真心這麼想的父親。

孩子們小的時候，連帶孩子回來都嫌棄的老家，等到兩邊都只剩下夫妻兩人後，等同外人的家。或許是因為沒有外孫夾在中間，恰到好處的客套讓她的呼吸變得輕鬆多了。

就在她以為繼續把「為人子女的責任」這個名詞撇到一旁應該也行時，父親「喂」了一聲，指著母親說：

「妳從剛才就動來動去坐立不安，是不是又想去尿尿了？」

智代反射性地向後仰，啟介臉上的假笑也消失了。被指著的母親如夢初醒似地應聲點頭，慢吞吞地消失在門外。

少了母親的客廳，父親也莫名沉默了。只有啟介努力找話題，說些什麼「這房子真豪華」，令冷掉的氣氛雪上加霜。

智代看著母親消失的那扇門。連小便都得靠人家提醒，這就是年老的母親必須背負的疾病嗎？佔「Aqua」客層多數的四、五十歲婦女整天掛在嘴上的「照顧父母」，逐漸帶有現實感。

當年那個飽受父親的放蕩折磨後，丟下年幼的女兒投入新興宗教的母親，再次去了遙遠的地方。

當時眼看母親一心渴望被誰喜歡、得到幫助，更不被喜歡的女兒們做的，就是模仿母親念經。母親若能把母女丟臉的過去也一併遺忘那就太好了。曾經向沉溺宗教、不分早晚或假日天天去道場的母親提出離婚的父親，也同樣變得遙遠。

那天母親用「年幼尚未上學」的理由，選擇了妹妹乃理。智代被問到要跟爸爸還是媽媽時，她對被迫做選擇的自己也感到厭煩，回答「誰都不跟」。那種對話重複兩、三次後，夫妻倆在沒告訴女兒的某種理由下打消了離婚念頭。在此之後不到一年，母親的宗教狂熱就退燒了，可見不離婚應該是對的。

父親雙手朝膝蓋一拍，說聲「好吧」轉換氣氛。這是打從智代還在家時就沒變過的習慣動作。

「你們今天會留下來過夜吧。至少喝杯啤酒。」

回到客廳的母親看到智代和啟介，瞬間面露驚訝。這次好像是忘了女兒和女婿來訪。她似乎想掩飾自己的遺忘，露出害羞的笑容。那是智代從未見過的無憂無慮表情。母親只剩下「現在」，和新年一起出現的是即將從她記憶消失的「過去」和女兒。

坐在身旁沙發上的啟介，以只有智代才懂的動靜讓她感受到他的猶豫。

「突然來打擾，這樣不好意思吧。」

「來都來了還有什麼不好意思的。家裡也沒什麼好招待的，起碼住一晚再走吧。」

智代無奈地站起來，和母親一起去廚房。她想用現成的材料做點下酒菜。空曠得驚人的廚房和冰箱令她吃驚，同時想起乃理說母親在廚房大哭的事。

「也沒帶什麼禮物來，就要留下過夜，不好意思喔。」

「我家歡迎任何人，反正兩個老人平時過日子也無聊。」

只有宛如雪白稻草的頭髮與畫到太陽穴的褐色眉毛沒有變。近看母親那張滿是老人斑和皺紋的臉孔時，她不免開始懷疑來這裡是否錯了。

「現在可能只有超商有開，但我還是出去買點什麼吧。」

不知道是否聽見兩人的對話，父親緩緩站到旁邊。被命令去客廳的母親，像小孩一樣蹦蹦跳跳走出廚房。

「食物只能準備一天的分量。如果有剩的，她會趁我睡著時通通吃光。」

據說是因為母親的血糖值高得驚人，覺得不對勁，才發現是「貪吃型失智」。只要有東西就會吃，因此父親說每天都是早上吃完沙拉和優格後才準備當天要吃的食物。

「年底乃理曾打電話給我。我聽說情況有點棘手。昨晚臨時起意，就開車出來了。先去看元旦日出，再去神社參拜，然後就打了電話。」

除此之外再說什麼或問什麼，恐怕都像是藉口。父親或許在啟介的面前多少有點愛面子，但現在看起來反而像是忽然縮小了。

「工作到除夕嗎？聽說妳在理髮店做兼職。」

「我可是美容院的理髮大將。已經做八年了。」

父親年輕時一絲不亂梳得服服貼貼的頭髮，已變成雪白的小平頭。被問起用什麼工具，她說是現在流行的理髮剪刀。

「這年頭流行什麼剪刀我不清楚，但妳至少得好好保養工具，否則會剪到自己的手喔。」

「托你的福，我在打工的店裡還沒遇過其他會研磨自己剪刀的人。」

帶著自嘲的笑聲落下。已經完全看不出他昔日被稱為競技賽之鬼的影子。剃刀與剪刀的使用方法和保養方法，人頭的重量和洗髮方式乃至吹乾方法，她的技術全都是父親教的。明明讓她不管去哪都沒有出過醜——為何會這樣耿耿於懷？

對於勸他在競技賽該讓路給後進的忠告，父親無視了三年，直到拿不到獎盃後才退休。當時他說自己很丟臉。若說丟臉，智代自己也一樣。她感到鯁在喉頭深處的小骨頭緩緩落下，一邊問道，「你一個人能照顧媽嗎？」

「目前還行。過完年後，每週好像會有人來做一次什麼服務。唯有那時候，我可以睡個午覺或打打小鋼珠。」

停頓一拍後，父親問起後來她是否都沒有自己開過店，她點頭。心裡已經接受沒開店是自己的選擇。

父親說，沒想到會讓妳成為四處受雇的兼職人員。聲音低沉，彷彿後悔與虛榮心都被遺忘在遙遠的地方。

「那也是我自己選的路。」

雖然並非心無芥蒂——她把這句話吞回肚裡。

父親說由他去買菜。因為母親不能吃熱量太高的東西。聽了這句話，她才發現如今廚房成了父親的地盤。

她想不起來有多久沒有在家和父母共度元旦。和啤酒一起買回來的，是超商的生菜沙拉、綜合海藻、西生菜及溫泉蛋、豆腐及關東煮、壽司捲。父親一邊叫女兒和女婿吃壽司捲，同時哄母親吃海藻、生菜沙拉和關東煮的蒟蒻。

這就是昔日那個每次買土地都夢想建造休閒度假村的男人的日常。

父親撿起從母親筷子掉落的西生菜。接著母親把放回盤子的生菜吃掉。母親問啟介啤酒好不好喝，啟介回答很好喝。

昨晚跨出一步得到的時間，是平凡無奇的親子二代之間的風景，但是想到為了得到這一瞬間迂迴走過的遠路，智代的心有點亂。父母和自己都已不年輕，這樣的認命，有時也會讓明天稍微明朗。

不顧兩個女兒的擔心，堅稱不用旁人照顧的父親，無法用社會眼光或常識來約束。如果跟父親談常識有用，那也就不是父親了。

冬日的陽光照入客廳，開車的疲憊和白天喝酒帶來的醉意，令啟介只說了一句「對不起」就倒在沙發上。母親露出少女般的笑容給啟介蓋上毯子。父親說桌上如果有吃的剩下來待會就麻煩了，逕自把剩菜塞進嘴裡。智代也吃掉剩下的壽司捲。

為了趕走睡意，她把用過的餐具都堆到一起，結果父親說那是母親的工作，按照這個家的規矩，她決定不開口干涉廚房的事。這裡是家，也不是家。智代從小長大的家，隨著父親欠債一再換地方。

從廚房回來的母親，套上防寒外套。父親問她要去哪裡，她說「該去拔雜草了」。

「好歹今天先休息一天。外面很冷，雜草長得也沒那麼快。」

母親說那她去打掃二樓房間好了。忘記季節的母親腦中的院子，即便是寒冬之時，似乎也充滿著綠意。父親點頭，叫她從壁櫥拿兩人的被子出來時，如果太重就喊一聲。智代準備起身去幫忙，父親卻撂下一句「妳留在這裡」就走出客廳。

智代站在窗邊。足夠再蓋一棟房子的遼闊庭院，只有五棵松樹和大片乾枯草坪。沒有花也沒有色彩的庭院，和智代心頭昔日的家族風景有點相似。

父親抱了一個裝橘子的箱子那麼大的紙箱回到客廳。

「這個妳帶走。」

她打開那個被放到腳邊的紙箱。從學徒時代開始使用的刮鬍子用的剃刀，保養良好的剪刀，每一條溝槽都拿銼刀磨過的好用梳子，分別裝在黑色天鵝絨護套中，看似品味奇特的收藏家的珍藏品。

智代小時候，沒有正面看父親的記憶。父親總是從早到晚都在磨刀，白天替客人理髮時板著臉，幾乎所有時間都夢想一攫千金。既然只有磨刀時間可以讓他喘口氣，為什麼還要開理髮店——

智代沒有問出口，只是繼續打量全套工具。父親現在，用曾經流暢自如操作這套工具的雙手，替母親做生菜沙拉。之所以認為那樣的每一天就是父親的人生答案，或許只是智代的感傷吧。

「我啊，直到最近為止一直想幹出什麼大事，也自以為做得到。」

但那也隨著母親的記性越來越差，不得不畫下句點了。在兩個女兒面前堅稱不依靠女兒也能自己撐下去，成了父親自尊心的歸處。

「或許妳會笑這套工具太落伍，但我曾經想用這套工具在度假村的一角開設美髮沙龍——」

智代沒聽完就簡短說了「謝謝」。

「說到拿刀的時間，現在妳已經比我更久了吧。」

「這些年在我所到各處最有用的就是理髮的手藝。孩子們和丈夫的頭髮，都是我打理的。流行髮型只要看雜誌就會剪，好歹能混口飯吃。十年前還沒有那種低價快剪呢。」

「那到底算什麼。分明是徹底瞧不起人家辛苦學來的理髮手藝。」

不曉得父親知不知道，那種低價快剪店現在其實都是智代這個年代的理髮師在兼差，他只是頻頻感嘆。

關於父親被「兩人自己生活行不行」這句話傷到的自尊心，很難向妹妹說明。而且，面對得知消息後說不出該問的問題的自己及啟介，父親的自尊心想必也不容許他依賴女兒吧。

父親指著自己的後腦，「妳注意到了嗎？」他問。

「啟介的頭本來就是我剪的。」

「多給他吃點好吃的。」

該去二樓把被子拿出來了，父親說著慌慌張張上樓去了。

翌日，道東刮著幾乎切掉耳朵的寒風，也因此，天空像顏料一樣蔚藍無垠。

回程的車中，行經帶廣時，啟介說：

「我家那邊，聽說我弟不久之前娶老婆了。」

她反射性地從啟介的年齡減掉三歲。比起娶老婆這個事實，小叔今年已經五十六歲，更讓她吃驚。

「好像是因為我爸媽說，如果沒看到繼承家墓的孫子，死都不會瞑目。他們大概覺得不能指望我們家的小孩。那也是一種老化現象吧。」

「孫子？他娶的太太到底幾歲？」

「聽說才二十八歲。我差點脫口問他們，只為了生孫子就要娶一個年紀可以當孫女的女孩嗎。聽說是我媽看上農會櫃檯的女職員，千方百計說服人家。還說對方離過一次婚應該沒問題。也不知道到底是什麼意思。妳看我家，還在搞那種事呢。」

她想著讓一個老母親做出那種決定的焦慮，以及乖乖聽命行事的小叔。說不定，現在根本不該來智代的娘家。她戰戰兢兢試問啟介，不回老家沒關係嗎？現在如果左轉還來得及走上開往老家的路。

「去了又能怎樣？說我們回來見新娘子嗎？」

「二十八啊……」

她很想問啟介羨不羨慕，但一絲悲哀讓她打住念頭。他家盤旋的問題在智代內心再次開始緩緩啟動。她思考公婆抱孫心切的理由。那種小村子，是靠著當事人自己八成都沒意識到的虛榮心，才得以長期維持自治。

剛認識啟介時，他曾說過，能否在村子活下去，全看自己能不能朝著村中第一的目標努力。如果沒有把目標放在全村第一，就會逐漸被淘汰。

智代的父親每年一心執著的競技賽獎盃，以及他對副業投注的過大夢想，或許都是父親心目中的「全村第一」吧。

「這下子我弟成了全村年齡差距第一大的新婚夫妻。接下來的人肯定也會努力超越。」

還沒到山嶺。智代再次勸啟介回老家。

「睡著的人沒必要叫醒。去釧路是因為這次有必要去。至於我家那邊，我爸媽和我弟夫妻到目前為止還一團和氣。既然目前沒問題，只是基於好奇就回去惹出風波，並不好喔。」

被他這麼一說，的確有道理，但她在意的是他為何憋到今天才說。

「這個冬天，彼此都發生了很多事呢。」

新的一年來臨，很多事從結束變成開始。到頭來，「結束」這種東西在有生之年根本不存在吧，想到這裡，智代也開始思索心情的去向。她一邊祈求嫁給小叔的年輕弟媳能夠順利替公婆生下孫子，私心裡卻也有點想看婆婆大失所望。

她思考著要在眼前一直做個善人的困難，不知道啟介是怎麼想的？她望向駕駛座那張側臉。正月頭一天就滿臉鬍渣回老家，就算不是啟介大概也想避開吧。

她的內心無聲地不斷浮現「二十八歲」，想起自己在那個年齡時，抱著幼小孩子的每一天。有時覺得那樣是對的，有時又懷疑真的對嗎，想到今後出現在自己面前的「意外」會是什麼形式，她止不住有點悲觀的想像。

如果讓年紀足以當孫女的媳婦生下繼承人就是婆家的宿願，那麼今後將是全家總動員的障礙賽跑。智代略顯陰暗的想像，和尚未見過的弟媳的身影重疊。不可思議的是，沒見過面反而讓那女孩的輪廓異常清晰。

「搞不好吃過不少苦。」

啟介問她在說什麼。她說在想小叔的太太。

「我覺得要在哪生下誰的孩子，是個重大的人生抉擇。基本上能不能生都還無法保證。」

她漸漸開始認為，既然明知道會被全村用好奇的眼光看待還做出這種決斷，那這個人或許早就知道世上有些事光靠感情無能為力吧。她抱著些許希望說：

「說不定，她的個性非常冷靜理性。」

「真是這樣就謝天謝地了。」

不管中元節或過年，父親照樣天天替母親計算熱量，母親總是餓著肚子。母親忘記的不只是已經吃過飯，有時也忘記孩子住在哪裡。今天早上，她以為乃理還沒結婚，仍在札幌的房屋建設公司上班。

母親的歷史，只存在她記得的事物中，父親和兩個女兒都無法理解。

今後，母親大概會帶著無法和任何人共享的另一個故事過完人生。驀然間，雖然沒辦法用言詞明確表達，但智代忽然覺得那說不定是件大好事。

下了山，新雪將沿路染得更白。反射的陽光刺得眼疼。

以兩人為單位開始的家庭，生下孩子，迎來孩子離巢獨立，又恢復兩人世界。最後只剩下一人，記憶也就此零落，身為家族的角色結束。人世就像忽伸忽縮的蛇腹。

「有人叫我給你多吃點好吃的東西。」

啟介問她怎麼突然這麼說。她說是父親這麼交代。

「他本來就是理髮師。對腦袋特別注意。」

數秒沉默後，啟介以拋向雪道的輕快語氣回答。

「我覺得，很多東西好像都從脫髮的地方脫落了。」

「什麼東西？」

「幹勁，活力，生活目標之類的，過去每天依賴的種種無形之物。」

防風林之間落下的陽光很刺眼，她不由得閉眼。智代不知道該對丈夫的咕噥作何反應，就這麼看著對向車道駛過五輛車。

漸漸地，啟介急著做老後準備的理由從防風林之間隱約透出。剩下兩人，再到有一天變成一人，現在他們兩人正在這條漫長的路上。

「阿啟，今後你想做什麼？」
「不知道。所以才傷腦筋。」
就算被反問起自己想做什麼，她也想不出該怎麼說。
「那麼，我們一起找吧。」
啟介回了一句不知道是同意還是拒絕的「是啊」。潮來潮往，每次浪頭大小不一。懷抱著無法預測的明天，就連今後還能活多久都不知道。
有一天就連父親都會從母親的記憶中淡去。
父親將在母親的一生中漸漸死去。
逐漸變成純真天使的母親，漸漸死去的父親，以及只能旁觀的女兒們。
「所謂的家族，究竟是以什麼為單位？我越來越不明白了。」
「我以前還覺得為了養小孩就算再不情願也得去上班呢。有空巢症的或許是我吧。」
「在你這裡出現嗎？」
「在我這裡。」

兩人之間的笑，漸漸乾涸。她想一笑置之，直到乾燥得一滴濕氣都沒有。

放在車子後座的那套理髮用具，當成父親的遺物還早，當成獎勵又已經太晚。但它還是在催促智代做些什麼，提醒她既然要跨出一步，時間已經所剩不多了。

美髮沙龍「Aqua」的店內景象忽然浮現腦海。她將有限的店內空間能做的在腦中一一列舉出來。

美髮沙龍，平價美容，頭部舒壓養護，毛髮問題諮商——此時此刻細數做不到的，只是藉口。

「我也快五十歲了。就算想開始做什麼，也只有滿心焦躁。」

「我覺得那要看妳想開始做什麼。」

「我想開店。」

「哪種？」

「美髮店。」

漫長的沉默持續了近兩小時，直到抵達家門。

「一回來就得鏟雪啊。」

只不過外出兩天，積雪已增加二十公分。接下來的兩個月還會繼續下，直到彷彿聽見三月的聲音說「膩了」才會開始雪融冰消。每天似乎都在一成不變地重複，但相同的景色永不重來。

回到家，啟介立刻開始剷除停車位的積雪。雪山形成徐緩的斜坡，越堆越高。啟介內心堆積的空虛，是否也有融解的一天？

啟介伸個大懶腰，吐出雪白的呼氣。

她喊了他的名字。因疲勞和刺眼光線而充血的通紅雙眼轉過來。

「鏟完雪，吃點好吃的吧。」

啟介應了一聲點點頭，再次拿起鏟雪工具。

第二章

陽紅

我說妳啊——聖子的嘴巴張得老大。

「對方的條件不是很好嗎？八十幾歲的父母，五十五歲的初婚。」

陽紅吃的牛肉，就是那個八十幾歲的母親專程送到農會櫃檯來的。奢侈地吃著十勝牛肉壽喜燒的同時，陽紅向母親報告那個老太太每隔三天就低姿態來求親一次的經過。牛肉雖美味驚人，這樁婚事卻苦鹹得難以下嚥。

「五十五歲，那不是和媽妳同年嗎？」

片野歌子聲稱很中意她在農會櫃檯的服務態度，每次來都勸陽紅做她的兒媳婦。歌子的下半身因長年種田和清理牛舍的過度勞動已經變形，如今放棄務農後，她說用小型保溫棚種菜和散步是唯一的愛好。

「她兒子應該長得沒那麼醜吧？」

「去加油站加油時見過。感覺上，就是人很好的大叔。大帥哥我已經受夠了——至於五十五歲的——」

她正想說免談，聖子卻追來一句「可以考慮耶」。

陽紅第一次結婚是二十二歲。她高中畢業就在札幌的麵包店上班，那個男人每天慢跑後一定會來買法國麵包回去。是個工作容許他大白天還能悠哉慢跑的帥哥，也因此不知道從哪冒出他八成是「牛郎」的傳言，麵包店所有女員工都瀰漫一種放棄的氛圍。男人其實並非牛郎，不過他在狸小路商店街開店賣進口皮包和雜貨，客人多半是特種行業的男男女女。陽紅勇敢踏出一步接近他，她的年輕主動讓他們步入結婚禮堂，但很快就有新的女人出現，結婚一年就離婚了。

那時也是聖子鼓勵女兒，「妳會喜歡的長相自然附帶妳會喜歡的個性。職業不分貴賤。」對於在帶廣的繁華鬧區經營酒廊的母親，陽紅從來不曾引以為恥。不在乎世人眼光，是聖子的生存之道。積極進取就像是為聖子這種人準備的字眼。

「如果可以的話，結多少次婚都行喔。這樣可以見識到很多東西不是很有趣嗎？基本上妳離婚後單身長達四年，等於把花樣年華都扔到水溝。管他是五十五歲還是八十歲，這次是對方主動看上妳，妳就嫁過去試試看也好。不喜歡就離婚。反正離一次和離兩次也沒有太大差別，這種事從第三次起會變得很輕鬆喔。」

說這種話的聖子，經歷了五次結婚和離婚，第三次的對象和第一次的一樣。

把家裡大部分餐具砸碎後憤然離去的陽紅父親現在人在何處，始終沒有消息。五次都正經登記入籍，這點頗有聖子的作風，但最短一年最長也只用了五年的姓氏不時會搞混，有點傷腦筋——結果又得改姓嗎？婚前的麻煩手續閃過陽紅的腦海。

「所以我不是早就說了，我無法像媽一樣一開始就以離婚為前提去結婚。」

聖子聽了陽紅的話大力點頭，又在小碗打了一顆蛋，心情越發愉快地滔滔不絕。

「Pink妳真傻。這世上還有所謂的因禍得福。結婚最重要的不就是條件嗎？我再說一次。那對父母都已經八十幾了，縱使再怎麼健康頂多也只剩十年。他們自己不也說，只要妳肯嫁過去，絕對不會讓妳照顧嗎？」

「媽，拜託妳不要那樣喊我。」

每次被母親喊「Pink」，從背部到側腰都會像冰塊滑過似地冒冷汗。當時聖子每次在自己店裡唱〈粉紅的莫札特〉[2]據說都有很多客人來聽，於是就把生下來的女兒取名為「陽紅」，讀音為Pink。陽紅是上了小學後才發現這個名字似乎有點可笑。趁著母親第五次結婚時搬離帶廣，她鄭重聲明自己的名字要唸成「Youko」。也告訴母親今後再也別喊她「Pink」，但母親三不五時還是會這樣不經意脫口而出。

「抱歉抱歉。幸好報戶口時不用填寫拼音。雖然對我而言，Pink就是Pink。不過，Youko也不壞啦。」

住民票[3]上，陽紅開始定居札幌時填寫的假名拼音是「Youko」。

驀然又想起這樁婚事的對象與母親同齡，肩頭不禁猛然一抖。她望向電子鐘的溫度顯示。三月已接近尾聲，馬路響起的是雪融濺起的水花聲。聖子說八點要去店裡。還笑著說今天吃了上等牛肉，喝了啤酒，應該可以工作得特別愉快。

母親獨居的這間公寓，是單身者專用的小套房。房間附帶床鋪和家電，當天

2 粉紅的莫札特，一九八〇年代日本偶像松田聖子的暢銷金曲。

3 編註：無論是日本本國人，或是長期居留在日本的外國人，都必須向當地區公所申請住民票，才能合法居住。類似台灣的戶籍謄本。

便可入住，遷出時也能輕鬆地說走就走，據說很方便。曾經嫁過豪宅商人和醫生的女人，到了五十五歲獨居的房子卻是狹仄如飛機駕駛艙的小套房。母親對房子和金銀珠寶毫無興趣，唯一的嗜好就是唱卡拉ＯＫ。她像停在鳥籠中的棲木那樣當個幾年家庭主婦後，又回到的場所是自己經營的「卡拉ＯＫ酒廊」，尋找店面時，也是從卡拉ＯＫ設備齊全的店面開始挑選。相較於追求安定生活，任職於從帶廣開車要一小時的小鎮農會的陽紅，母親與她的人生目的從根本上就不同。

壽喜燒吃到最後，聖子倒入沾有肉汁的生雞蛋和白飯攪拌，看起來永遠洋溢著生命力。被這樣的母親建議「試試看有什麼關係」，本來讓心情複雜的婚事，好像也變成「事情總要試了才知道」，想想還真不可思議。

因禍得福啊——

聖子聽到她的咕噥，當下反應，「對，因禍得福。不管年輕或年老，男人其實都差不多。只要不討厭就可以生活。」

「那妳幹嘛還結那麼多次婚。」

脫口而出的話，把陽紅自己也嚇了一跳。這些年來她從來不曾問過母親這個問題。聖子因為演唱拿手的卡拉OK時用了太多抖音形成的眉間皺紋，這時皺得更深地嘀咕，「我想得到更多福呀。」那種口吻太可笑，讓陽紅不禁放聲大笑。

「用不著笑成那樣吧。結婚時和離婚時，我可都是認真的。當我心想『好，今後要開始快樂的每一天』時，男人已經自己先安頓下來，把我晾在一旁。雙方的步調無法一致。那樣不是很無趣嗎？也不知道大家到底對我有什麼期待，老是叫我趕緊安定下來。」

有的男人怕她不開店了會寂寞，於是在家裡替她弄了一個卡拉OK室，也有人勸她不必特地辭去工作。每一個都是疼愛陽紅的好父親，但過個幾年聖子本人就會提出「離婚吧」。面對只肯收錢，牽著小孩就要走的女人，也有男人哭著挽留說「妳或許無所謂，但是陽紅怎麼辦」。但越是這種人，母親越無法相處超過三年。和這樣跳過苦惱的時間直奔下一階段的母親相處久了，陽紅也逃過了叛逆期。

迅速洗完碗盤這一點和以前一樣沒變。聖子匆匆收起桌子，騰出回來後睡覺的空間。聖子全身上下都是Uniqlo平價服飾，一頭及肩的白髮也沒整理就這麼去店裡，說她是酒廊媽媽桑恐怕無人相信。而且不知不覺店內聚集了一群客人，他們就是喜歡這樣的聖子。

雖然並非刻意模仿母親，但陽紅也對流行服飾和化妝、金銀珠寶沒興趣。長相應該也算是姿色平平。她雖有自覺，但這些年從未想過改變。目前為止若說後悔，大概就是後悔當初沒有繼續留在札幌那家麵包店工作，否則現在可能已經成為手藝不錯的麵包師傅了。在結婚、離婚接踵而至的分岔口上，她選擇再次回到母親附近，歷經打工生活，在母親當時交往的男人的安排下，找到農會櫃員的工作。

「距離昔日夢想的麵包店師傅，好像越來越遠了。」

「妳怎麼還在說那個。如果真的想做麵包師傅，當初就該拒絕農會的工作。明明是妳自己說想找一份安定的工作，一口就答應的。」

對結婚要求條件的母親，也斷言工作只分喜歡和討厭。這種清爽明快的理性態度讓母親變得更強大。陽紅嘆出一口氣時，聖子豎起食指，「我想到好主意了。」她高聲說。

「對方那邊，除非有重大意外否則生活可保安泰。而且那家的兒子在加油站領月薪。又保證絕對不會讓妳給兩個老人把屎把尿，甚至分開住都行，對吧？」

「她三天就來櫃檯一次，講的都是這些。害我在工作單位快要待不下去了。」櫃臺業務已開始受到影響。最近對同事說的「拿喬吊著人家很有趣嗎」這種酸話也懶得再聽。直屬上司似乎也不知何時決定要促成這樁婚事。陽紅隱約可以看出上司正在找一個比較體面的方式趕走她。不管答應結婚還是拒絕，光是被人看中就讓她在職場待不下去，這點倒是出乎意料。

「被人求著嫁過去也是一種體驗。如果到時候妳還是覺得過不下去，拿到該拿的錢就離婚走人嘛。妳還年輕。趁著還能重來，隨便是要結婚還是幹嘛儘管去做。」

被聖子這麼鼓勵，一瞬間，她覺得那樣也好。但自己不是聖子。她能夠毫不心痛地斷然拋棄一對老夫婦和年紀足以當她父親的男人嗎？歸根究柢，她真的能夠以「有一天會拋棄對方」為前提去結婚嗎？

這時候，如果告訴母親對方甚至開出生活費之外每月另給十萬零用錢的條件，母親八成會叫她明天就嫁過去。雖然為了金錢和條件而結婚的對象是五十五歲的初婚男子，但是如果視為頂著正妻頭銜的情婦生活，凹凸不平的拼圖反而會完美嵌合。

對於一個一直把生活用品縮減至最低限度的女人而言，有什麼好怕的呢？若是聖子，即使生意失敗了也會繼續找下一個店面。過了五十歲後她常說，「這個年紀也有這個年紀的需要。」那聽來並非逞強嘴硬，而是她堅強之處。說好聽一點是柔韌，總之某種打不死的強悍讓她離不開夜晚的歡場人生。

「總而言之，對方提出雙方家長見面時，一定要按照規矩來喔。我隨時都可以。接下來只看妳自己的覺悟了。哎喲好期待喔。」

讓準備開店的聖子從輕型小汽車的副駕座下車，陽紅沿著夜路奔向車程一小時、人口約三千人的鄰鎮。月光照亮柏油路面。防風林的葉子有月光灑落，看似閃閃發亮。十勝的直線道路，就算不開車燈大概也能照樣行駛。覆蓋遼闊平野的天空過於廣袤，反而令人心生無助。

她思忖春天的月亮應該更朦朧才對，一邊聽著車內流淌的曲子。歌吟著悲傷盡頭的聲音，很像前夫。帶一點沙啞，不時會顯得異樣性感。當初結婚和離婚，都是陽紅決定的。男人對那種程度的傷痕似乎不以為意。他好像還在繼續經營位在狸小路的那間店，兼作宣傳之用的部落格有沖繩旅行和去台灣、首爾觀光的照片，男人在畫面中央微笑。

——無所謂，要離婚也行。反正我大概永遠都是這個調調。

——你就沒想過自己已經結婚或者有家庭了？

——沒有。如果想過，那就不是我了。

陽紅問他既然如此當初幹嘛要結婚，男人一臉困惑回答，「不是妳說想結婚的嗎？」與其沒完沒了地這樣雞同鴨講，她決定斷然拋棄這個有俊美的臉蛋和自己喜歡的聲音的男人。男人如果對陽紅說的話流露出一絲憤怒，至少還有遲疑的餘地。

她試著想像十年後拿到一筆財產。在小鎮開了一間手工麵包小店的自己，是任勞任怨照顧公婆的孝順媳婦，從加油站退休的丈夫，負責把妻子烤好的麵包送去給客人。美好家族的終點，前方又是另一個家族的故事。家族故事，這麼定位之後，她搖頭想「不對不對」。她絕對不是想和那個「丈夫」結婚。現在自己只是想用青春去買「條件」。

走在筆直得幾乎令人沮喪的道路，她試著思考，這樁婚事對誰有損失——越想越覺得誰都沒損失，這個念頭如大雨落下。利害關係這個字眼浮現。如願獲得理想兒媳的老夫婦，妻子年輕得足以當女兒的五十幾歲兒子——硬要說損失的話，陽紅如果不是這家兒子的理想類型，或許會變成悲慘的故事。

這樁婚事有一陣子可能會成為小鎮津津樂道的八卦話題，但很快也會退燒。從農會櫃檯看到的鎮民，每天都蠢蠢欲動地巴望著下一個話題。除非真的是很嚴重的大事，否則人們馬上就會厭倦。不苦也不酸的話題會立刻被驅趕到角落。八卦話題這玩意，光靠甜味或鹹味都難以持續。

很像虛線的白線，把路面一分為二。去時的路和回來的路都在同一處。老夫少妻的婚事，只要保持安靜，人們想必也會立刻厭倦吧。

隨時都能回頭……嗎——

歸結出這個想法時，鎮上燈火已遙遙在望。拜輾轉男人之間的母親所賜，她沒有所謂的故鄉，也幾乎不和親戚往來。陽紅選擇的場所，是去程和回程都無人能夠指責，單調乏味的筆直道路。

隨時可以回頭的想法，不知不覺變成「試試看吧」。從公寓停車場走到家門口這段路，仍然冷颼颼的十勝寒風似乎也在陽紅背後推她前行。

不管要拒絕或接受，總之必須向前一步的時期，比陽紅預期的更唐突來臨。和聖子提起婚事的四天後，一個徹底放晴，風勢強勁的早晨。陽紅一去上班，上司就把她叫到會客室。自己每天坐的櫃檯窗口，已有代班職員的背影。意思是說自己不可能立刻回到櫃檯嗎？不祥的預感類似穿過平野的風，突然加強了風勢。

她敲了兩下門，走進會客室。整個人窩在黑色沙發中的，是片野歌子。一如之前送壽喜燒的牛肉給陽紅時，圓臉上堆滿笑容。沙發對面打開的折疊椅，坐的是農會會長。他是現役農民，因為有會長的頭銜，不時會在此出現。膚色黝黑看似敦厚的會長和歌子，對陽紅露出燦爛笑容。

「啊，一大早就打擾妳不好意思喔。照料完牛之後只有這個時間有空。片野嬸也說早上來比較好。」

會長已經訓練成一看到農會成員，腦海當下就會浮現對方的帳戶餘額和家庭成員。片野家有兩個老人和五十五歲的兒子，共三口人同住。趕在虧損負債前就已清理事業，就算用他們賣掉農地和重機、牧場的錢買下市區一棟透天厝也有餘裕過得很好，算是優良離農戶。離農時能夠保有三千萬黑字餘額的農家並不多。

「陽紅小姐，打擾妳上班，不好意思。」

不知幾時已變成直呼名字而非姓氏。片野歌子埋在皺紋中的微笑，帶有生於此地也將在此結束一生的強悍與沉穩。「剩下的去處只有陰間」這個笑話，在她這個世代不算離譜。

「沒想到兩位會一起來。不好意思，我去泡茶。」

就在陽紅說著退後一步時，總務課的資深職員端著托盤進來了。托盤上放著三組客人用的茶杯。把茶杯放到桌上後，同事看著陽紅，對她投來充滿好奇的眼神，隨後離開。她忍住想長嘆一口氣的衝動，聽命在片野歌子的對面坐下。會長稍微向前傾身說，「真沒想到。」也堆出笑容。

「我做夢都沒想到，居然會受託當片野嬸家的媒人。雖然我們是老交情了，不過涼介終於要娶媳婦，我當然不能不出現。」

會長據說和片野良介同年。高中同學當媒人，不只是本人，周遭的人想必也很想大肆宣傳吧。光嘆氣也不夠的氣氛開始瀰漫。陽紅的手心逐漸潮濕發冷。

當初就不該收下什麼壽喜燒的高級牛肉。

然而——那天奔馳的夜路上綿延不絕的白線那種筆直，挽留了陽紅。去時也筆直，回來也筆直。如果行不通，沿著來時路回頭即可。不是自暴自棄也不是死心認命，和亢奮的喜悅也截然不同的某種東西，從背後輕推了陽紅一把。揮開心頭湧現的迷霧，找到位於中心的東西時，視野豁然開朗。

或許會有與母親生活時缺少的「安定」——這樣的期待，讓眼前的路看起來更加筆直。

「不過，聽說雙方還沒見過面，我就說應該先讓兩人見一次面才對嘛。」

據說片野歌子堅持「一定要兩家人都出席」。

「我心想，既然是片野嬸這麼期盼的兒媳婦，那我也不能愣著，於是就這樣跑來了。」

會長的語氣還留有微笑，卻已逐漸帶著壓迫感。陽紅變成被逼到房間角落的小動物，同時卻也感到，眼下這個狀況是讓自己跳向未來的跳台。反正不管婚事談不談得成她都得離職。無論是離開鎮上，或是嫁給一個連話都沒有好好講過的男人，不久的將來都會失業。

陽紅挺直腰桿，一邊慎選遣詞用字一邊表達，「我離過一次婚，您看上我是我的榮幸，但是能否先讓我和令郎見面談一談，請他也好好考慮一下呢？」

「這還用考慮什麼，我兒子說只要陽紅小姐肯點頭，他就別無所求，高興得很呢。如果願意雙方見面，務必請妳母親也一起來。不只是我兒子，我希望妳母親也看清楚，我們這對父母絕對不會成為妳的包袱。」

她的臉孔爽朗得發亮。光是透過櫃檯窗口的短暫交談也能看出，片野歌子的談吐和態度精明幹練。她反覆強調的只有「妳能否嫁給我兒子」這一點，閒聊時並沒有牛頭不對馬嘴也沒有忘東忘西。著實是個精神矍鑠的老婦人。

片野歌子三天兩頭出現，採取從外側包圍中央的戰略，最後關頭再透過職場上司正面逼近，由不得陽紅繼續顧左右而言他。此刻或許是確信已勝券在握，她用遠比平時更親暱的口吻說，「只要是為了陽紅小姐，我什麼都願意做。我們現在和兒子一家三口一起生活，但是如果你們結婚了，會另外給你們準備一棟房子。為此我們連長年耕種的土地和牛都賣掉，已經不再務農了。年輕人有年輕人的生活嘛。」

看來在歌子的腦中，棋子已走到下一步。陽紅對職場毫無眷戀。當會長出面當媒人時，她就已經只能順從事態發展了。

「那週末就安排兩家見面，正式照規矩走一下儀式。反正對雙方都不是壞事，我也很久沒當過這麼輕鬆的媒人了。」

事情跳過陽紅逕自發展下去。聖子說「只剩十年」，但是看到片野歌子健康的模樣，她內心也不禁有點「十年真的就能解決嗎」的不安飄過，一方面卻又覺得這段婚姻如果能維持十年，應該可以建立不錯的關係。這個早上雖然一瞬間彷彿被趕鴨子上架，但或許是被當下的氣氛感染，說來不可思議，她的心情竟然還不錯。

約好週末見面，片野歌子哼著歌和會長連袂走出房間。陽紅回到位子後，「真是麻煩呢。」之前的櫃檯職員嘆氣對她說。

「坐在這個位子是怎麼回事，妳待到現在應該很清楚吧。如果有人看上妳，就趕緊讓座，不要假惺惺地端架子。難不成妳還想賴著不走，等待更好的對象上門？」

「不好意思，我不懂妳在說什麼。」

「聽不懂就算了，總之妳趕緊走啦。能坐在這裡的機會只有一次。」

態度格外嚴厲的同事撂下的一句話，立刻傳遍整個辦公室。

搞清楚櫃檯業務原來是「新娘仲介業」最前線的這天，午休時間陽紅四處都找不到可以獨處的場所，最後只好在自己車上的駕駛座吃便當。把筷子放回筷盒時，她不再顧忌職場和旁人的眼光。

週末，說是「相見禮」似乎有點尷尬的午餐約會，在鎮外近年來新開的鄉村飯店的貴賓包廂進行。片野家那對老夫婦縮著肩，黝黑的圓臉始終帶著笑容。陽紅對面的片野涼介垂著眼。這個一直不肯正視她的男人，和陽紅在加油站見過的那個人氣質有點不同。相信這只是非正式的雙方會面這種說法的，似乎只有據說和涼介同年的農會會長，以及坐在陽紅旁邊的聖子。根據會長的長篇大論，鄉村飯店的老闆也是老同學，正打算伺機出馬競選鎮長。

彷彿被無形的棉花緩緩勒住脖子的氣氛中，聖子倒是非常愉快。就饒舌程度而言，會長佔五成，歌子三成，剩下二成歸聖子。

「沒想到陽紅小姐的母親是這麼爽朗的人。這次聽說多虧有您鼓勵令嫒，我們也很感激呢。」

「我才要感激這麼好的親事。雖然小女有很多不足之處，如果能得到府上這麼誠實的一家人疼愛，也不枉我養她一場了。」

之前陽紅通知聖子今日的會面時，聖子只回了一句「什麼事都得靠經驗」。不喜歡就連整個城鎮都拋棄就好，這就是母親的論調，就當作是沒有地緣也沒有姻緣的地方，從此再也不去就行了。不管是拋棄或被拋棄，事後都不會糾纏不清，卻從不考慮被拋棄的一方，這就是聖子的做法。

送來的料理，是選用本地蔬菜及本地和牛的「用筷子吃的義大利菜」。片野歌子不改向來的柔軟身段，客氣地品嚐牛肉。她說假牙不太牢靠沒法吃生菜，因此所有菜餚都替她加熱過。

歌子說材料雖然和在家煮的一樣，但味道就是大不同，一邊把注意力轉向在陽紅身旁臉上貼著營業專用笑容的聖子。

「陽紅小姐的母親聽說和我家涼介同年。想想怪不可思議的。」

「是啊，托您的福，讓我這次有機會陪女兒好好商量。年齡的問題，您也不用太在意。我可沒有教過孩子拿那個去區分人。」

「聽說您經營酒廊。」

「帳目清楚，房租按時繳納。不是我自誇，我那可是常客很多的優良酒廊。」

笑裡藏刀似的對話之間，不時響起窸窣聲。陽紅納悶是哪裡發出摩擦橡皮的聲音，原來是涼介父親的嘴巴。他正努力克服假牙不合的困難，拼命嚼麵包。似乎是察覺陽紅的視線，涼介也把黝黑的臉轉向父親。
「爸，你是不是忘了塗假牙固定劑？」
「沒關係，每次都這樣。不用管他。」
歌子立刻搖手說道。涼介欲言又止，瞄了陽紅一眼。她想問他要說什麼，歌子卻立刻插話。或許是因為操心了一輩子的兒子終於可以娶到老婆，她太高興了，歌子又把在農會櫃檯說過的話拿出來重複。
歌子自稱和住在道央的長子夫婦一直保持距離恰到好處的良好關係，關於養老的問題，長子和次子涼介應該也會好好商量出辦法。在這個小鎮土生土長的老夫婦，自豪地宣稱已經預定了鎮上經營的養老院，在老得不能動之前就會住進去。看著片野夫婦，就會漸漸搞不清楚到底幾歲才算是開始養老。總之他們認為現在的自己沒有任何遺憾，只要次子能結婚生子，一輩子的任務就算完成了。
「不過話說回來，太陽的陽和紅，您可真是給令嬡取了一個美麗的好名字。養出這樣名符其實的開朗孩子，您一定非常滿足吧。」
糟了！這麼想時已經太遲。只見聖子猛然向前傾身。「對啊！」母親喜孜孜的回答，令陽紅的腦袋深處頓時感到一陣被勒緊的劇痛。

「我本來根本不打算讓她的名字唸成Youko。」

「那不是本名嗎？」

「我本來取的名字是Pink。生產當天就取好了。因為她是個粉紅色的可愛小貝比。」

陽紅喝光已經冷掉的高麗菜湯，就像在心靈遠處眺望兩人對話般旁聽。

「那Pink又怎麼變成了『Youko』呢？」

「這孩子，好像很討厭被人家喊Pink。在我結婚搬家、她轉學的過程中，不知不覺就讓她改成『Youko』這種普通的名字了。」

雙手貼合遮住嘴巴時的聖子，和她在酒廊吧檯內的時候一模一樣。歌子就算聽到聖子個人結婚或離婚的話題，也完全沒提陽紅的離婚經歷。

聖子被歌子的迷湯灌暈頭，笑著脫口而出「我女兒離婚時幸好有我守著」，這時餐後甜點的義式牛奶冰淇淋送來了。被甜點敷衍過去，令人窒息的「相見禮」終於接近尾聲。

會長說農會櫃檯已經找到接手的人，可以從新的工作年度四月起開始上班，因此陽紅立刻嫁入片野家也沒問題。

「能夠從櫃檯把妳嫁出去，我們也很欣慰。祝福兩家永遠美滿幸福，今天是最好的賀宴。」

把日本酒和牛奶冰淇淋輪流倒進嘴裡的會長，臉已經紅得像燒燙的鐵板。他高興地說這杯喜酒喝得太愉快了，一邊不忘拜託打算出馬參選下一屆鎮長的老闆再送一份冰淇淋來。

臉上堆滿皺紋和笑容的歌子，仰頭湊近陽紅小心翼翼地問，「趁著這開心的場合我想問一下，陽紅小姐什麼時候可以嫁給我們涼介呢？」

想求助的她，面前只有垂著眼的涼介一人。還沒正式講過話就要嫁給此人，這種時空錯置的荒謬，加深了孤立感。在陽紅的注視下，涼介遲了一拍才終於開口。

「前提是，陽紅小姐如果同意的話。假使不太願意，那就請妳不用在意，直接拒絕。反正我打從一開始就沒想過要今天決定。如妳所見，我什麼事都交給父母解決，是個沒出息的五十歲男人。我想妳或許也有種種不放心，所以客氣什麼的，千萬不用。」

一口氣說完後，涼介吐出一口氣，僵硬的臉頰終於放鬆，轉為如釋重負的表情。陽紅茫然在耳朵深處重現男人的聲音。

涼介說的不是「千萬不用客氣」而是「客氣什麼的，千萬不用」。人在緊張之下說出的句子，前後順序想必沒有太大意義。但人心似乎會隨著無意識說出的話與順序而動搖。她覺得彷彿看到年紀足以當父親的涼介竭盡所能的誠意，這次輪到陽紅簡短道謝，垂下眼簾。

就這麼任由此地的風吹送也不壞——陽紅之所以容許自己這個藉口，也是因為涼介聽來誠實的說話方式，以及穩居決心另一端的「和父母分開住」、「不用照護老人」這兩個條件。這樁親事如果順利，據說五月放完連假就會在鎮上替他們備妥一棟房子。

因為鎮上有許多老人在孩子定居札幌或東京後搬過去同住，或是決定住養老院，因此留下無數不知如何處理的房子可供挑選。

「這麼好的親事，陽紅妳說是吧，多幸運啊。」聖子開始亢奮，不難想像歌子今後對這個母親想必也不會有什麼好印象。

對於母女相依為命多年的自己而言，把片野家當成「家族」的安身之地，就像是從鐵飯碗的入口前進一步的青雲之路。就算再怎麼喜歡，男人和女人終究是不同生物。她從第一個男人身上學到，兩顆心不可能始終心心相印地同行。也受夠了在職場被人背後批評是「因為對方開出的條件好才結婚的貪婪女人」。既然如此，只要生活比不貪婪地放低條件的女人好上一點點就行了。

「既然接任的人也找到了，那我就做到三月底離職。搬家之前的這段日子我想把生活必需品都備齊。不才如我，今後還請多多指教。」

現場的空氣膨脹到最高點，如果開窗恐怕會立刻溢出。陽紅毫不懷疑自己的一句話讓在場人人都幸福。

說是進展順利，其中也夾雜少許對周遭眾人的賭氣，和片野家的新關係瀰漫著些許虛偽感，陽紅就這樣在三月底離職，開始準備新生活。

涼介每次去看房子時必定會邀陽紅一起，起初還不好意思來她公寓，如今也頻頻到訪。她用涼介帶來的食材親手做菜，還準備了剛出爐的麵包，涼介開心地一掃而光。她每隔三天就會送一次自己做的餐包去片野家門口給歌子，有時對方也會邀她進屋一起看電視。每週去聖子住處一次，只要做些不痛不癢的報告，母親也會很開心。

四月接近尾聲時，陽紅不管去鎮上兩家超市的哪一家買東西，都已經沒人不認識她。不是以曾是農會女櫃員的身分，而是以要和片野家老二結婚的女人這個身分被認識。

離職後覺得時間多得無聊，這才發現鎮上的週刊雜誌和網路情報毫無娛樂性，也派不上用場。價值觀多樣化這種字眼，也在一走進超市就受到的注目禮下立刻消失。比起任何流行風潮，人們最愛的是鄰居的八卦。但陽紅還是想在這裡找到安身之處，因為她在坐櫃檯的這段時間，親眼見過鎮民逮到新話題時是如何以驚人的速度轉移興趣。

在自己成為話題中心前的八卦主角，是人口三千人的小鎮發生的逃稅事件。

開在鎮外頗受好評的拉麵店，因垃圾袋裡的免洗筷數量被人發覺逃稅。之後店一直關著，一家人各奔東西，但妻子據說是鎮議員的親戚，事態演變成勸說那個議員辭職下台，連議員夫妻的關係都受到波及。就像拔蘿蔔帶出泥，親朋好友相繼被扯進話題漩渦，正是此地整體關係錯綜複雜、息息相關的證據。陽紅樂觀地想，自己既然還有多餘的心思去嘲笑地緣關係的強大與弱點，應該好歹能過得去吧。

氣溫升至二十度的連假前那個傍晚，涼介從加油站下班後來她的公寓。用已經不再帶著客氣的動作洗手漱口。他說明天休假。明天中午，預定要在最後選定的三間房子中決定新居。

一間是靠近超市（住在這裡可能連冰箱都不需要）的四房三廳雙層樓房，一間是附帶二百坪土地的平房，還有一間是面向市區幹道位於橋旁以前開花店的房子。那間房子日照充足的客廳，以及可遠眺防風林的河岸風景吸引了她。這三間都是屋齡不到十年的建築。每間連帶土地都在一千萬左右，絕對不算便宜。購屋資金是片野夫妻早就替老二結婚準備好的。

見面時間雖然增加，但是到目前為止，涼介的態度並沒有變得異常親暱。她說想在搬家當天登記結婚，也不想辦喜宴，只想靜靜開始新生活，涼介也只說聲「好啊」就同意了。

「河水與防風林的景色，真有那麼好嗎？」

拿著剛出爐的義大利佛卡夏麵包沾事先準備的紅酒燴牛肉，涼介問道。她撒嬌說，「在談房子之前先說一下好不好吃嘛。」他笑著回答，「抱歉，很好吃。」這樣對話時，自己都忍不住在內心吐舌，懷疑是否有點越來越像聖子了。

她看中開過花店的那間房子讓涼介百思不解，因此紅酒燴牛肉做得很成功讓她心情大好之下，忍不住脫口而出：

「那裡不用擔心旁邊將來會蓋什麼房子，而且一樓的店面格局也很好，我真希望有一天能用來開麵包店。」

「原來妳還有那種計畫啊——」

她暗叫不妙，為了避免被對方發現這種神情，她說「只是說說夢想而已」就低頭吃牛肉。在不想被視為心機深會打算的女人這一刻，已具體成形的打算就從身體掉落了，但涼介似乎壓根不在乎，「那樣或許也不錯喔。」他嘀咕。

「今後，不管怎麼想我都會比妳先死。老實講，我一直煩惱這點該怎麼辦。不過，如果我不在了妳也能在這片土地生根活下去，那我就安心了。」

牛筋逐漸煮爛的感覺繞行陽紅身體一周。今後就算有些許問題，應該也能被他此刻的這句話拯救吧。她心中逐漸洋溢得到成熟男人善意關懷的安心，以及除了自己還有別人替自己考慮將來的幸福感。

說不定這就是聖子說的「可以考慮」吧——

涼介彷彿順帶想起，提議不如把陽紅的名字發音改回「Pink」。

「一直都叫『Youko』，一時之間恐怕很難改。」

「嗯，可是上次聽妳母親說了之後，我總覺得本來的稱呼也很適合妳。」

涼介似乎對自己的話很難為情。趁著把切片放在盤子上的佛卡夏麵包一股腦塞進嘴裡的氣勢，瞬間吃光牛肉。

心情變得柔軟的陽紅，這天頭一次開口問涼介「要不要留下來過夜」。多少也覺得時機差不多了。若要共度一晚或許就是今天。

陽紅洗完碗盤，涼介也開始準備離開。

「房子的事，我還想再多商量一下，也想知道你想擁有什麼樣的家庭。」

她自認已經盡力裝可愛了，可惜成果欠佳。湊近凝視的涼介眼睛因困惑而游移不定。起初她以為他是害羞，但陽紅歪頭又低頭之際，他眼中的動搖漸增。最後，他垂首搖頭。

「抱歉，最近一直睡眠不足，今天我還是先回去了。」

「不好意思，我都沒發現。」

陽紅無法再靠近一步，就這樣聞到汽油和揮發性藥品，以及男人皮脂的氣味。

「天氣還很冷，小心別感冒。」

他說明天上午十點來接她。留下彷彿父親關懷女兒的一句話，涼介走了。被撇下的屋內沉澱著他渾身縈繞的油脂氣味，當陽紅在坐墊坐下後，那味道越發在鼻尖瀰漫不散。

翌日，放棄寬敞的平房，以及將來可以讓片野家雙親及聖子來過夜的雙層樓房，二人選定的是位於橋畔開過花店的房子。一樓有店面和小客廳兼餐廳，二樓包括臥室有兩個房間和儲藏室。房屋仲介商說，如果是要開始做生意那他不會勸阻，但這並非適合新婚夫妻住的房子。涼介和顏悅色說「有一天應該用得到」。

——兩位打算做什麼買賣嗎？

——那個還早，計劃和準備也是接下來才要開始。

——我們公司也接房屋改建和商業廣告的案子，屆時歡迎來洽詢。

——謝謝，全靠你們了。

住宅部分的出入口，是面河的門。進門後有個小玄關，通往店面的走廊右邊是客廳入口。客廳有陽光普照，大概該感謝店面部分刻意避開了日照吧。面對馬路的和服店和五金行，麻糬店和藥局，也都是避開直射日光的成排櫥窗。房子背面是沿著河岸下坡的步道，因此從客廳望出去的景色，就像蓋在山坡面的溫泉旅館高層房間一樣開闊。

不只是店面，廚房和浴室、盥洗間也很齊全。最讓陽紅高興的，是四噴頭按摩浴缸。從簡樸外觀難以想像的浴室，以白色為基調，點綴小塊藍色磁磚，設計很時尚。

用來充實生意和生活非常完美。走上二樓，是可以作為臥室的六坪西式房間，以及空著簡直太可惜的四坪和室，還有整面都是架子的儲藏室。關於花店為何脫手這間屋齡八年的房子，涼介比房屋仲介商更清楚。陽紅驅車去鎮外吃午餐時，在開往帶廣的途中聽了花店的故事。

「那家的太太是札幌人，本來是插花老師。丈夫是本地人。父母那一代在那裡開書店，後來說太太既然是插花老師不如開花店，就重新改建了。」

看似一帆風順的一家人之所以在六年後離散，是因為父母相繼辦喪事，以及隨之而來與親戚發生的爭執。

「這麼短的時間內兩老都死了該不會是兒媳婦下毒吧——我猜原本大概只是哪個親戚的玩笑話，卻被人加油添醋複雜化了。」

涼介說，事實上兩老都是壽終正寢。

「兩人其實已經病了很久，是在清楚病情的情況下交棒給下一代。兩人分別都只住院三個月。老太太這方，聽說還很高興能夠親自替丈夫主持喪禮。兩人都說不想麻煩兒媳婦照顧，也沒有選擇延命治療。據說感情好的夫婦死的時間也會差不多。」

送走應該算是壽終正寢的老夫婦後，四十幾歲的夫妻開始為鎮上無心的謠言煩惱。花賣不出去。既然做生意，客人跑掉就維持不下去了。本來恩愛的夫妻關係，也因為經濟變得窘困開始暴露出另一面。

「太太離開小鎮後，房子就掛牌出售了。」

陽紅不知道有這段故事就選定這間房子，但涼介是在知道來龍去脈的情況下還決定買。

「這樣聽起來不是什麼好房子欸。你真的不介意住在發生過那種事的地方嗎？」

涼介盯著擋風玻璃沉默數秒後，平靜地說：

「沒關係。兩年來屋主雖然自動降價了，但我想，他其實還是希望大家有肚量的買下那間房子吧。」

陽紅開始覺得，多花點時間慢慢喜歡上一個人也不錯。實際上，隨著相處的時間漸增，她已開始對再過幾天就要成為丈夫的人產生好感。就算被笑話是時空錯置的舊式婚姻，她也越來越確信自己應該很適合這樣的邂逅和平靜歲月。見他開始困惑，以為自己講的故事惹得陽紅不悅，陽紅回答，「只要你不介意，那我也不介意。」

那天，涼介把陽紅送到公寓前就回家了。男女關係開始的契機，看似在唾手可及之處，卻又始終遙不可及。

陽紅的身與心，在逐漸接近的東西和不知道是近是遠的東西之間不斷來回擺盪。

搬完家，連假也結束後，已經是只等夏天來臨的五月中旬。這次的大功臣歌子，據說好一陣子都在惋惜沒有舉辦婚禮和喜宴，但那種牢騷也沒傳到陽紅面前。聽說涼介只用一句「沒必要配合外人的好奇心」就解決了。得知住在道央的兄嫂那邊也只需等將來做法事碰面時再打招呼就好，陽紅很錯愕。在陽紅看來，這樣當媳婦就像大剌剌盤腿坐在婆家的過度體諒上，就算把這種體諒減去一半，想必還會充分剩下對方熱情款待的氛圍。

去鎮公所遞交結婚申請表時，櫃檯那頭掀起一陣小小的騷動。這可是鎮上的兩個話題人物，無人不知無人不曉，現在終於來登記了——包含各種羨慕、好奇、下流想像的浪潮一波波湧來。

橋畔的新家，已經把傢俱、家電、生活用品都搬進去了。陽紅的公寓也已退租。從今天起，她將成為有房子的「鎮民」。

辦完結婚登記後，他們順道去片野家，歌子滿面笑容迎接兩人。

「是嗎，順利辦完登記了啊。這下子我也安心了。太好了太好了。」

公公據說去附近朋友家玩了。年過八十還自己開車的他，每次送的伴手禮都是在藥妝店買的提神飲料。

「你爸爸又帶著提神飲料去朋友家了。老二娶了媳婦，大家都想向他打聽呢。他已經樂瘋了。」

婆婆叫她下次也去公公的朋友家露個臉，她含糊點頭。陽紅本想在客廳沙發坐下，歌子已搶先一步坐下。手裡還抓著電視遙控器。陽紅還來不及奇怪，電視畫面已經變成午間連續劇。

「這齣連續劇，可以學到很多喔。你們也一起看看。」

升格為婆婆的歌子，勸兒子夫妻看的連續劇是《灼熱的野獸們》。故事描寫渾身散發荷爾蒙的年輕演員飾演的男主角，和中年女性的不倫戀。場面經常不是在床上就是在浴室，製作成本極低也成了話題。

「昨天演到她差點被老公發現，假裝吃壞肚子衝去廁所就結束了。」

接續昨天那一幕，畫面上出現斗大的片名。片頭曲開始播出後，歌子急忙去冰箱，抱著三個杯子及寶特瓶裝茶水回到電視機前。播片頭曲的期間她忙著倒茶，揮手叫呆站著的涼介和陽紅過來，整個身子傾向前說，「等這個播完了，佛壇上有包子，我們再拿下來吃。」

陽紅不好意思看涼介，姑且先去佛壇拜拜完畢。歌子向前傾身專注觀看的電視上，正在特寫單薄的被子蠕動的場面。被子裡，甚至傳來細微的呻吟。敲門聲令被子的蠕動倏然停止。令人聯想到懸疑推理劇的配樂不斷重複，這時畫面切換成廣告。涼介匆匆走向玄關，她急忙追去。

「你們別走啊，看看這個炒熱氣氛再走嘛。你爸還叫我讓你拿一箱提神飲料回去呢。」

「不用，我們還沒收拾完房子，先回去了。替我向爸問好。」

歌子還來不及可惜，連續劇後半已經開始。她大聲回了兒子一句「真的，你們要加油喔」。聽起來並沒有不高興。婆婆熱衷午間時段情色連續劇的模樣很滑稽，瀰漫著讓人好氣又好笑的氛圍。最主要的還是那種低俗讓陽紅鬆了一口氣。

這是在片野家初見的情景。恢復正常生活的婆婆逐漸回到平日的消遣，想必也是日子安穩的證據。陽紅對於兩人的新生活一面被埋沒在無數日常中，一面滑出第一步而感到滿足。在鎮公所感到的小小騷動稍微遠去。相對的，涼介的存在感迫近。成為丈夫的人，依然沒有抱陽紅。

有時，和被珍惜的感受有點不同的念頭會從心窩湧現。會是今天吧，是今晚吧……這樣積極等待的日子，她想相信也將在辦妥結婚登記的今天結束。對於交出身體，雖然沒有第一個男人時那種興奮又緊張的期待，卻有與此人平靜共度的沉穩決心。她甚至懶得裝清純。反正再婚這個頭銜也不可能消失。

當「差不多該發生了」這種心理準備第三次落空時，陽紅心頭掠過的不安，已鎖定在涼介難不成毫無經驗這一點。雖然害怕去證實，但萬一真是那樣——她慌忙打電話給聖子。

——那不是更好嗎？涼介如果是處男，妳將是他一輩子的女神。對男人而言這可是遲來的春天。雖說遲到五十五年是有點久啦，但那種事情一旦嘗到滋味，肯定會立刻愛上。重要的是，這僅此一次的初體驗，妳一定要用力給他誇獎再誇獎。

「如果還有不懂的再打電話給我。」母親說這句話時的笑聲久久縈繞耳邊。聖子的話雖然沒錯，卻忽略陽紅這個當事人的心情。聖子的建議一如往常。雖然有說服力，卻總是乾脆地對她無法充分體會的女兒心事置之不理。

今晚涼介如果又想閃躲，今後陽紅會溫柔地手把手教他——這麼思考之際，從片野家到河畔新居這短短五分鐘的兜風結束了。

難得休假，她提議不如早點吃晚餐。昨天買了十勝牛的板腱牛排。為了慶祝登記結婚，也準備了葡萄酒。屬於二人的儀式，似乎必須由陽紅取代木訥的涼介率先進行。基於前一段婚姻的經驗，她知道會率先自己找到樂趣的男人，周遭的誘惑往往也更多。涼介的晚熟雖令人不安，但也可能短短一天就幡然改變。

用烤肉、紅酒和生菜沙拉填飽肚子後，涼介先去洗澡。陽紅的樂趣是按摩浴缸。只要一個開關就會從背後和腳下強力噴射的氣泡，可以立刻為她提供憧憬已久的泡泡浴。為了重現外國電影的畫面，她還特地買了一堆泡沫型入浴劑。

一樓店面部分仍是空蕩蕩的水泥空間。但是想到有一天會在這裡開麵包店，就不願拿來當倉庫。看來不時也得把鐵捲門拉起一半讓家裡透透風，以免發霉。

收拾完廚房，她接著去洗澡。雪白的浴缸溢出泡沫，讓她幾乎窒息。她任由整個浴室被泡泡包圍還差點睡著，因此一陣慌亂。她已經弄不清自己對這樁婚姻究竟期待什麼了。

洗完澡換好衣服進臥室。裝在插座上的LED小夜燈在地板灑落小小光暈。陽紅坐在距離一公尺的床邊，望著窗邊那張單人床上輕輕打呼的涼介背影。自己或許犯下什麼大錯的不安，以及想都沒有想像過的情景都在譴責她。

那晚，以及下一晚，再下一晚——涼介始終沒有碰陽紅的身體。

十勝的天空開始帶著熱氣的七月初，陽紅的心頭早已落下絕望。涼介還是老樣子。雖然距離老家只有五分鐘車程，他卻不太想主動回去。過去天天來農會櫃檯報到的歌子，現在有時會打電話叫他們回去拿菜。而且如果是傳訊息給涼介的手機，他就會在下班時直接帶菜回來。陽紅和歌子見面的次數，比以前當櫃員時少了很多，很平穩。歌子的心願實現，如果興趣真的已轉向午間連續劇，那倒是好事。

將來想開麵包店的念頭始終在心頭悶燒，因此她對家庭主婦這個字眼也沒什麼抵觸。在筆記本寫下各種早餐麵包的材料時，敞開的窗子傳來河水聲。她試著把這種生活中的缺憾，和河水聲一起流走。流不盡的東西，在內心變得色彩深沉之時又回來了。

過了中午，氣溫突然上升。她在想，當初要是不顧歌子的反對，去鎮上超市的收銀台或熟食區打工就好了。歌子對於陽紅想外出工作沒什麼好臉色。涼介也說，不如去學做麵包比較好。對於多得無聊的閒暇，她有時感到厭煩。

她打開好一陣子沒用的筆記電腦。在類似單身時代假日獨自度過的中午，她毫無罪惡感地打開前夫的部落格。

——亞洲各國的友人傳來消息，今年冬天環保毛皮將大為流行。各位，夏天開始就得準備過冬了。除了皮包，本店也將有環保毛皮大衣到貨。敬請期待。

照片中的勝利手勢旁有個圓臉的當地年輕女孩。背景是一堆中文招牌綿延不絕。皮包和帽子、各自搭配的手鍊逐一被鏡頭特寫。看來這個人還是一樣過得很逍遙。陽紅沒有湧現任何感情。是否喜歡過都已不確定，和這個男人的婚後時光是否真有過，也都被男人的笑臉和勝利手勢逐漸抹消。

真好，看起來挺開心的——

無意識嘀咕的話語，令陽紅自己驚慌。不知從哪裡湧現一個念頭，只覺得絕不能輸給看起來這麼開心的前夫。如果羨慕對方，今後就會忍不住尋找自己的悲慘。不能輸——不贏沒關係，但是不能輸。

內心的低語，似乎和聖子說的話有點像，讓她感覺很好笑，但她終究無法真心笑出來。

那晚陽紅就像被「不能輸」這個口號推動，她開口詢問洗完澡的涼介。

「我主動邀請比較好嗎？」

起初似乎不懂她在說什麼的涼介，也因陽紅嚴肅的神情「啊」了一聲，瀰漫絕望和僵硬的氛圍。

「我以為你會更喜歡女人主動。」

「不，我知道妳在說什麼。」

「只是『知道』嗎？」

「我理解。妳會覺得這樁婚姻很奇怪也是理所當然。」

那你為什麼——她忍住想這麼質問的衝動，退讓一步說「我無意指責你」。

很多男人可以一視同仁地睡老婆和外面的女人，但是對老婆身體沒興趣的男人，老實說她只想逃開。她總覺得那是先於年齡差距之前的問題。才剛結婚，立刻又要重複離婚這個模式的恐懼中，她想像如果是聖子大概會眼珠滴溜一轉，說聲「算了」。但自己距離這句「算了」，還需要一點時間磨練。距離理解，又得花多少年？

我對不起妳——涼介的口中冒出道歉。

不是「抱歉」，也不是「不好意思」。想不出能夠超越「對不起」的字眼。今後，涼介顯然也不打算和陽紅上床。

這不是閒聊兩句就能解決的話題。她讓涼介在餐桌的椅子坐下，把罐裝啤酒倒進兩個杯子，分別放在兩人面前。

——那你幹嘛要結婚？

不是憤恨也不是驚愕，是求知的慾望令陽紅開口。明知聽起來像是在指責男人，但她還是想問。

涼介用杯中的啤酒潤唇，斷斷續續說，「我只是，想讓父母安心。就這麼簡單。我沒想到像妳這麼年輕的人會答應嫁給我。我心想這世上的怪事可真多。所以，上次聽妳說將來想開麵包店時，我打從心底鬆了一口氣。這段婚姻，至少能夠讓妳得到一點東西，過妳理想的生活。我覺得那樣就好。」

這種知道是有條件的結婚所以覺得解脫的想法，即使現在已經登記結婚，她還是不大能理解。

光靠喜歡做不到，不喜歡也做不到——工作和結婚很像。陽紅過去哪一方都無法處理好。歸根究柢，她以為和涼介結婚，只要時間久了便能兩者兼得，就是個錯誤嗎？

「今後，你本來打算怎麼辦？」

她半帶賭氣地問。涼介終於正眼注視陽紅。她不知不覺挺直腰桿。結果從丈夫口中冒出的第一句話竟然是「生孩子」。

「生孩子，我想先想辦法生個孩子。」

「想辦法？這可不是揉麵團就能製造出來的。」

既然要傷害對方，索性直接問對方是從沒和女人做過嗎。涼介搖頭否認。她的怒氣逐漸膨脹。簡直就像被批評「因為是妳才不行」。面對這意外的答案，陽紅的語氣不知不覺也變得尖酸刻薄。

「原來是因為我才不行啊。」

「不，不是因為陽紅小姐。」

彼此已經開始用敬語對話。

「是不想做，還是不能做？」

「是不能。妳太年輕，太耀眼，我害怕。」

這個男人只為了讓父母安心，就可以和自己打從一開始就不想抱的女人，而且是年紀足已當女兒的年輕女人結婚。她想起涼介曾經提醒她可以拒絕婚事。涼介沉默片刻後，鄭重鞠躬。

「我擁有的，全部給陽紅小姐也行。任何方法都行——能否替我生個小孩？如果一直沒生孩子，以我媽的個性，說不定會要求我換個對象。」

她已經什麼都懶得說了。她想大聲對全鎮廣播這種婚姻根本是錯的，然後就此消失。她想遠走高飛，把這段婚姻變成一次小失誤。她想把自己的選擇和男人卑怯敷衍的計畫用大量沙子掩埋，好讓它永遠無法再浮出地表。然而，陽紅憤恨的念頭，被男人落在桌面的大顆眼淚緩緩沖向下游。

「我是真的喜歡陽紅小姐。」

醒悟了這樣下去自己永遠無法替她解身體的渴，男人說，希望她去外面找到快樂。無論是否要得到快樂的選擇，或是善惡的判斷，關於身體的步驟似乎永遠得由陽紅來執行。她幾乎要被男人無意識的狡猾牽著鼻子走。

男人用盡全力擠出來落到桌上的話語，她在內心一再反芻。雖然喜歡她卻不能做愛，不能做愛但是喜歡她。正因為喜歡她，所以就算她在外面得到自己無法給的東西，他也能夠忍受。天底下有這種道理嗎？陽紅從來不曾用這樣讓某一方去忍耐、甚至甘願捨棄身心的殘酷方式愛過人。

「涼介先生不能抱我，卻能夠抱一個不是自己親生骨肉的嬰兒？」

基本上這顯然不是一個正常的問題。

「我想讓餘生不長的父母安心，也讓自己輕鬆一點。老實說，我本來以為只要婚後一起生活了總會有辦法。」

然而現實卻是「怕得不敢碰」。涼介不願放棄如今有陽紅笑著迎接他回家的生活，為此他說他什麼都願意做。只要能讓父母看到孫子，等父母死後，無論陽紅怎麼對待他甚至把他剝光之後拋棄也無所謂。

男人又哭了。

「涼介先生說現在的我太年輕所以怕得不敢碰，但我認為你忘了大家遲早都會老。請碰碰我。我想應該沒什麼好怕的。」

況且我也有過離婚經驗——本想這麼說的陽紅，被涼介打斷。

「如果碰了，我可能會受傷。」

要徹底迎合男人的自尊，需要忍耐和努力。

她忍住想吶喊「你好歹也替為了保住你的自尊而被拋棄的自尊想一想好嗎」的衝動，點點頭說「是嗎」。她現在無法想像在漫長時光中逐漸軟化的關係。表現得像是把父母放在第一順位的男人，真正想放在第一優先的其實是「不讓自己受傷」。

陽紅決定明天的事明天再想，略帶客氣地一鞠躬。

「對不起為難涼介先生了。我有點累，先去睡了。」

從那晚起，兩人成了無法填補那條僅有一公尺的鴻溝的新婚夫婦。自己在今後的十幾年就是一頭被人預期將會懷孕生產的家畜——這個念頭縈繞不去。那是用青春當擔保品買下的未來。

翌日早晨，沒有把離婚當成首要選項，是因為她已經可以更具體地描繪當初決定結婚時想像的「十年後的自己」。她沒想到自己也會變得和母親有同樣想法。可以用青春當武器的時間不多。光是能懂得重新來過和重回原點的差異，不就足夠了嗎——

「我想至少每個月去札幌參加一次麵包研習會。」當妻子這麼提出時，涼介沒有阻止。如果有了肉體關係，就不可能有這麼方便的關係。對於已做好準備原諒一切的男人而言，不管是妻子或戀人，女人就是給甜點的對象，是下半身模糊的人偶。

只要不去想此人是因為喜歡才決定結婚，心情或感情這種無形的東西，就會變成被風吹走的淡淡氣味。如果上網搜尋，到處都充斥著像自己這樣成為家庭或社區裝飾品的女人發出的喃喃低語。至於陽紅，不用被指望出去工作賺錢已經輕鬆多了。登記結婚三個月後，公公送來三箱提神飲料簡直是笑話。

——這麼多瓶，誰喝啊。

——我工作累時會喝。

沒有悲傷也沒有喜悅，取而代之的，是兩人將把父母辛勤工作得來的財產在他們這一代就花光。有件事可以讓自己不會產生愧對的心情，這個代價就是陽紅懷孕。有時，她會用問題取代晚餐的配菜。

——涼介先生真的不在乎養任何人的孩子？

——嗯，開始工作前我一直在養生物。

——我聽說大哥家已有一兒一女。

——我哥那邊幾乎毫無來往。自從我在札幌生意失敗回來這裡後就疏遠了。是我把債務都讓父母償還，怪不了別人。

就像用整疊鈔票打耳光般把老二綁在家中的父母，下一個目標就是可以盡情疼愛的孫子，然而這個目標始終沒實現就這麼過了二十年。一直漫不經心迴避問題的兒子，過了五十歲後驀然驚覺已經到了替父母送終的年紀。歌子用「這是最後一次」說服兒子，開始勤跑農會櫃檯。陽紅在被人從外側包圍的狀態下誤入的場所，究竟算是寬敞還是狹仄？

陽紅本想說養牛或貓狗和養人類小孩不同，但她察覺那種常識在此也只是裝飾品，於是沉默了。如果去醫院，當然也有辦法不碰一根手指就懷孕，但那筆錢她想留著將來開麵包店。在這個安身之處，為了不被排擠，陽紅能做的，首先就是懷孕。

既然涼介都說沒關係了——陽紅立刻發郵件給前夫的信箱，「我看上一個皮包，改天去你店裡。」「噢，最近過得好嗎？期待見到妳。」她盯著這輕快的回信一會，猛然回神，衝上樓去臥室挑選屆時要穿的內衣。

隔週，她來到久違的札幌，秋天的腳步已近，空氣中蘊含美食的氣息。大通公園成了擠滿攤販的活動會場，不分日夜都有人潮來往穿梭，極為熱鬧。

陽紅上完烹飪學校主辦的「如何做美味麵包」研習會，去了位於狸小路的「Urban House」。身穿古著牛仔褲和搖滾樂團巡迴演唱會紀念T恤的男人，露出親切的笑容舉起一隻手打招呼。陽紅也含笑舉起左手，把手背對著他。男人發現她的婚戒後發出的「哇噢」那聲感嘆也很活潑。沒有卑微也沒有虛榮，但在男人身上也找不到顯而易見的自尊。

「妳再婚了啊，不賴嘛。」

「你顯然也過得很好，真是太好了。」

「我不適合結婚啦。雖然那樣也很快樂。」

男人撩起挑染藍色的頭髮。他的指甲沒有被汽油弄髒，指尖也沒有被洗潔劑燒爛。今後想必也不會做那種傷手工作的男人，聽到陽紅邀他吃飯就露出爽朗無憂的笑容說「好啊」。

男人沒打聽陽紅的新丈夫，理由只有一句「沒興趣」。對於眼下能想到「借種」的對象只有此人，陽紅多少有點不甘心，但換個角度想，這樣也不用收拾感情的碎片。就算只是借種作業，還是有附贈的快樂隨之而來。陽紅決定老實接受這份獎品。

在被子裡扭動泅泳之際，到了快樂的頂點她不禁失聲喊出。男人也比以前一起生活時更享受陽紅的身體。

外宿的這兩晚，陽紅享受秋季祭典，也喝了酒，和前夫共度兩晚。皮膚與黏膜無論怎樣互相摩擦，都不會感到心痛。種子自有種子的任務，田地自有田地的任務——這句自虐的話浮現時，男人準備離開的同時，一邊說道。

——妳偶爾還會再來嗎？

——嗯，我想盡量參加做麵包的研習會。

——下次再一起吃飯吧。

——好，我再聯絡你。

她祈禱不會一次就懷孕。

開始雪融的三月，往年都是歌子夫婦和涼介自行搞定的春季彼岸[4]，這次長子夫婦也要來。陽紅已經累積了不少麵包食譜，正是大展身手的好機會。

在札幌舉辦的麵包研習會每月都有好幾次，但是顧及鎮上的流言蜚語，恐怕還是每月去一次較妥當。本來的目的終歸是目的，因此她也知道不可能長久。對陽紅而言，涼介的樣子幾乎毫無變化，讓她覺得毛骨悚然。他繼續過著平穩的生活，甚至令人懷疑他是否早已忘記之前哭著說不能和她做愛，請她向外發展。他不知道陽紅和前夫每月碰面一次。就算察覺了，也不會求證。在醒悟他就是這種人之前，她已經和前夫睡了三次。

長子夫婦要來的前一天，陽紅開始準備好幾種麵包。並且用一句「如果是簡單的開胃菜我可以自己做」取悅歌子，用一句「提神飲料喝完了，要再麻煩爸爸」讓公公高興。

學會在這個家的行為模式後，陽紅的「好媳婦」表現進步神速。她並沒有掐著自己脖子的感覺。每個月把在研習會學來的麵包送去給歌子，歌子再驕傲地分送給鄰居，旁人的議論也傳入陽紅耳中。

——陽紅，妳這種手藝應該隨時可以開店吧？

——聽到這種話真開心，謝謝。不過我想生孩子，所以開店暫時還不急。

——妳放心，附近有寺廟附設的托兒所，大叔大嬸那把年紀不也還硬朗得很。妳真是有福氣。

——那我再和涼介商量。不知道他會怎麼說。

這是耗時十年的計畫，所以用不著焦急。就算預定的十年變成八年，或是五年後，那也是陽紅「賺到了」。若能儘早在年輕時打穩基礎，也就更能儘早讓自

---

4 彼岸，春分或秋分的前後共一週的時期。日本人會在這時掃墓祭拜先人。

己沒有負擔。

興趣和男人雙方面都獲得滿足之際，她驀然察覺，最近打電話給聖子的次數減少了。聖子也會打來，但話不投機就此掛電話的情況逐漸增加。反正不管在不在乎母親的反應，狀況都不會有什麼改變。

她把準備烘烤的菠菜焗乳酪麵包，放進家庭用顯得過大的烤箱。烤箱預熱的熱氣掠過脖頸的瞬間，她想起男人的吐息。

上次研習會因「札幌雪祭」沒訂到飯店，她是睡在男人家。研習以外的時間，就去男人的店裡或出去吃飯，結果幾乎所有時間都是一起度過。她逐漸習慣每月一次被熟悉的身體覆蓋的時光，同時對彼此的快樂也增添更多期待。在這過程中男人曾經微露遲疑，但陽紅告訴他「我有吃避孕藥，沒問題」。

每月一次的期待讓陽紅越發變成好媳婦，無法輕易放手的砂糖點心越來越多。

初次見到的涼介兄嫂，據說兒子已成年獨立，女兒也上大學了。或許是因為結縭多年，夫妻倆在人前很少交談。在佛壇拜拜完後，她過去向兩人打招呼。兩人在久違的老家也不改彬彬有禮的外人態度，看到陽紅後表情更加僵硬。大哥啟介和大嫂智代跪坐行禮。

「中元節和新年都沒能回來，拖到現在才打招呼真不好意思。妳能嫁給我弟弟，真是謝謝妳。」

大哥對陽紅行禮時，智代把當作新婚賀禮的紅包滑到涼介的膝前。據說在美容院工作的智代，頭髮挑染了一撮粉紅色。

「本來應該是我們去拜會才對。拖到現在才見面真是抱歉。」

這是個連自己都會喜歡的好媳婦。是演技還是發自本心，陽紅自己也不清楚。不過，在這種場合會讓大家歡喜的說詞和舉動，流暢地自身體裡湧現。公婆都露出滿臉幾乎埋進皺紋堆裡的笑容。想必沒有比這更和諧的風景。

兄嫂兩人不停讚美陽紅做的開胃菜和調理麵包。菜色雖不多，但開胃菜從烤牛肉到沙拉都是陽紅親手做的。兩人尤其喜歡的，是只有一口大小的五種迷你調味麵包。

「早就聽說妳的興趣是做麵包，但這已經超出業餘興趣的範圍了。陽紅，妳簡直像專業的。太厲害了。」

「只要你們喜歡我就很開心了。」

用餐期間，陽紅去廚房泡紅茶，過了一會智代也過來了。她的視線，帶有一抹憐憫。當她把伯爵茶葉放入茶壺時，智代低聲耳語，「陽紅，真的謝謝妳。爸媽看起來很幸福。這都要歸功於妳。」

憐憫中又添加一絲慈愛。用這麼一句話就把公婆的幸福全盤交給陽紅的智代，對於陽紅扛起了本該是自己負擔的種種包袱，含淚表示「我對妳的感激言語難以形容」。智代的娘家和婆家有四個老人。在茶葉浸泡的三分鐘之間，陽紅得知她的母親已出現失智症狀。她嘆息著說只能順其自然，視線一度近似豁達，掃過坐在佛堂的歌子後又回到陽紅的鼻尖。

「陽紅，如果有什麼困難，請妳不要客氣儘管說。」

「謝謝妳，大嫂。」

紅茶呈現美麗的金黃色。她試著想像歌子出現失智症狀時的情景，卻無法明確想像。當初結婚就保證過不用照顧老人。至於聖子，她的腦海只能浮現聖子手拿麥克風大笑著接待客人的模樣。

愉快的歌子或許是終於忍無可忍，開始頻頻提及「孫子」這個字眼。長子夫婦或許也想迴避那個問題，始終假裝沒聽見。陽紅留心保持笑容。最近她已經可以不用勉強也能微笑了。

散會的氛圍瀰漫時，她把剩下的開胃菜裝進塑膠盒。麵包也用模仿英文報紙的印刷紙包裹，和街頭麵包店的包裝一樣。再放進百圓商店買來的籃子，就搖身變成體面的伴手禮了。

歌子用炫耀陽紅來迂迴牽制長媳，但是短短數小時的交流，就連諷刺都變成熱鬧的儀式，大家的表情都很平穩。

「下次見面時，陽紅說不定已經大肚子了。」

目送長子夫婦開車離去時，歌子用響徹四鄰的大嗓門說。全體微笑。

當晚，陽紅取出無法化為言語的心態[5]，重新回顧這一整天——表面灑了一層隱約有點詭異的粉。

---

5 此處是雙關語，心態（心持ち）和心靈麻糬（心もち）同音，所以後面才會說表面灑了粉。

今天、明天乃至後天，陽紅可以隨意使用涼介進臥室後的時間。附近的太太們不會來拜訪，也不用為了別人突然送來的熟食小菜不知所措。更不會有歌子的朋友聞到麵包香味跑來要求「分我家一點」。不知不覺中從九點到凌晨一點這四個小時，成了她一天之中最放鬆的時光。翌日如果還有睡意，等涼介去上班後，趁著洗衣機運轉時可以睡個回籠覺。在悠閒的一日之中，為了更加享受獨處時光，她會在小地毯上抱著抱枕看電影或聽輕音樂，或者回想男人的肌膚。

把明早預定要烤的奶油餐包塑型完畢，噴點水。驀然間，她想到白天的自己就像是在「地區」這家公司「上班」。她一邊清理廚房的麵粉，茫然沉浸在那個念頭。察覺只要把這個視為工作即可，她無意識地點頭。在心愛的地毯上，做一、兩個最近學會的瑜伽姿勢，邊調整呼吸邊思考愉快的事。

這個月底預定參加的研習會，是烹飪學校辦的「如何烤出漂亮的可頌」。這是足以成為麵包店招牌的重要技術，她無論如何都想學。察覺可以把旅館住宿費省下來當零用錢後，她再也不遲疑地要求男人「讓我過夜」。男人的答覆總是「好啊」。男人們的「好啊」聽來發音相同，卻有著截然不同的味道。涼介的

「好啊」瀰漫著拋棄或喪失或封閉的自尊，前夫的「好啊」則帶著因為不負責才有的開朗。向一個男人同時要求兩者似乎太難。這麼一想，也能理解母親在男人堆裡打滾的歷史了。聖子因為在一個男人身上尋求兩者，所以不得不踏出下一步。陽紅現在對自己能輕易得到兩者，深感滿足。

不知不覺自己好像已從「Youko」回到本來的名字「Pink」。「Youko」是自己決定的，但經過結婚、離婚、再婚，有時也會回到出生時被賦予的名字吧。她窮極想像力，試圖想像在安穩的生活中響起嬰兒的哭聲。和半年前相比，如今自己散發的風情已略有不同。

沒有小孩的生活，獨處的四小時，或許還想再享受一下——她向前屈身，一週前還碰不到腳趾尖，現在碰到後，小小的成就感推了陽紅一把。

「好，再加把勁。」

陽紅歷經每月一次去札幌發洩慾望的夜晚後，她決定去婦產科。

翌日，她大老遠跑去要兩個半小時車程的釧路，是為了請醫生開低用量避孕藥的處方箋。在帶廣不知何時會在哪裡碰到熟人。如果在婦產科出現，傳聞瞬間會傳遍小鎮。等到懷孕的傳聞出現就為時已晚了。

陽紅在候診室翻閱女性雜誌等待了一會，終於叫到她的號碼。診所的人指示她去檢查專用廁所用驗尿杯採尿放到玻璃窗前。小房間已放著寫有她掛號號碼的白紙杯。陽紅按照張貼告示上寫的程序採尿，放到指定地點。

經過漫長等待，被叫進診療室時，已經快要中午了。明亮的診療室內，是一位帶著沉靜笑容的女醫師端坐在位置上。年齡大概比陽紅大一點吧。

「片野女士，妳在掛號單上寫著因為經痛和經前緊張症，想領取低用量避孕藥。」

「對，每月都很不舒服。」

她的表情不變，用不帶感情的聲音說，「妳已經懷孕了。」

耳朵深處好像塞住了，聲音變得很遙遠。首先浮現腦海的念頭，是月底「如何烤出漂亮的可頌」研習會該怎麼辦，接著想到的，不知為何竟是男人房間窗邊那盆午後的仙人掌。

昨晚想像的今天，原來只是砂糖點心嗎？略帶濕氣，輕易就能改變風味的點心——她告訴自己，只不過是這段日子一直搓揉的麵團，終於烤好了。一次發酵，二次發酵——肉眼可見的形狀如預期，果然如預定計劃地成形了。她毫無喜色。

回程，雪融後的沿路殘雪看似異樣地發光。圍繞著開闊平野的群山也有積雪殘留。陽紅奔馳在通往小鎮，看似永無止境的直線道路上拼命思索著。

這條路，究竟是歸程還是去程——

漫長的直線道路中央，午後陽光下的白線綿延不絕。

第三章

乃理

樓梯和廚房的日光燈壞掉的隔天，電視也跟著壞掉了。

乃理的腦中也像電視畫面一樣，一片漆黑。無論怎麼甩動或敲打遙控器，無論嘆氣多少次，《朝一》[6]也回不來。其實很久之前就從孩子們的對話中察覺電視畫面有點模糊，但她一直佯裝不知。晴朗乾爽的七月早晨，彷彿被扔在無聲廣場的徬徨無助，映現在四十吋液晶螢幕上。那是自己束手無策的模樣。

她已養成習慣，每次家電用品故障，就用一個月的伙食費當成一個單位來換算。冰箱的話要半年份，洗衣機的話三個月。能夠節省的只有菜錢，這是母親長年過著貧窮生活的口頭禪。不知不覺自己似乎也繼承了那句口頭禪。

念高一的長子聖也說只要有手機就夠了。但下面兩個孩子可不吃這套。被逼著訂閱衛星電視頻道，也是因為國一的次子和小四的女兒，想看運動比賽實況轉播或者有什麼非看不可的音樂節目。

當紅年輕演員主演晨間連續劇時，七點半開始的衛星電視就取代了時鐘。聽女兒說話，簡直是市井間歐巴桑也甘拜下風的八卦大會。「沒聽說過」會被當成犯下什麼滔天大罪似的，孩子們的世界簡直毫無寬容。雖然早已暗示過手機要等上國中才有，孩子卻在無意識中尋找父母的弱點，真是麻煩透頂。

這下子該怎麼辦呢——

乃理把遙控器往地毯上那塊陽光一扔。家中的日照全部仰賴這個客廳，隔壁的和室被衣櫃擋住窗子。只要拉上隔間門就成了夫婦的臥室，但她每天把被子從壁櫥搬上搬下，最近也開始吃不消了。租了十年的房子，二樓是兩間相連的三坪和室，雖說是孩子的房間，高一和國一兄弟倆的房間此刻卻睡著丈夫阿徹和乃理兩人。

要阻止孩子趁此機會提議買大型電視，唯一的方法就是翻開存摺給他們看一個月的生活要花多少錢。家電用品的壽命，一開始想像就覺得沮喪。去量販店尋找貼著特價標籤的商品倒還好，問題是身為掌管家計的人，如果真要買，就必須從別的地方節省。這個早晨，漆黑的電視螢幕徹底吞沒了全家的娛樂。

直到去年為止，乃理都是在送走一家人去上班上學後迅速做完家事。今年迎

6 朝一（あさイチ），NHK每週一至週五早上播出的談話節目。

來四十四歲這個純位數後，她動輒就得停下來休息。似乎幹勁也和遙控器一起被扔到陽光下。驀然回神，她揉揉脖子。似乎沉積太多疲憊與脂肪的身體，從小就算會被人說「變瘦了」也沒被說過「很瘦」。當初阿徹在電話中向父母介紹乃理時，也是用「比中等身材稍微大一號的人」來形容，讓她只能苦笑。

離家徒步五分鐘就有義大利麵專賣店，她在店裡的午餐時段打工已有兩年。平日在午餐時段工作三小時附帶員工餐，當義大利麵的營運總店——外送便當店需要找人裝便當時，她就會在黎明前出門。要在不影響替家人做飯的情況下工作，只能把時間零碎分割出售。時間分割倒是賣得掉，但工作再累也掉不下來的體重成了煩惱。

樓梯可以暫時不管，但是廚房沒有燈就傷腦筋了。看不清菜刀刀尖實在很危險。

沒辦法，下班回家時順便去買吧——她扭動脖子，後頸響起砂礫似的聲音。

換好衣服只等出門時，她才打開手機螢幕。母親里美沒有來電。這時乃理就會打過去，這已經成了這幾年的習慣。里美的記性越來越差，去年秋天被診斷為失智。乃理和住在道央的姊姊智代保持聯絡，一邊繼續過著掛念兩老生活的日子。

年輕時，每次生小孩就交給娘家照顧，她一直覺得是理所當然。腦袋雖然理解父母有一天會反過來需要自己去照顧，卻一直無法視為現實。

「媽媽，今天還好嗎？今天也在家？」

「嗯，很好。一直在家。乃理妳呢？」

「廚房和樓梯的日光燈壞了，剛才電視也沒有畫面。」

壽命這個字眼差點脫口而出，她慌忙閉嘴。里美只說聲「哎喲」，「喲」的發音無止盡拉長到令人厭倦。

「樓梯的燈也就算了，但廚房總得解決一下。」

「噢，真的啊？」

母親似乎已經忘記正在聊日光燈壞掉的話題。必須盡可能拋出里美可能感興趣的話題。這種時候，她會問起父親猛夫。

「爸爸在幹嘛？」

東張西望的動靜傳來後，里美語帶不滿說，「他不在。」

「妳去找找看嘛，廚房啦，二樓啦，或是廁所。爸爸應該不可能丟下妳自己出門吧。」

但里美還是堅稱父親不在。如果附和里美的話題，最後總是會遡及父親早年不顧家庭那段時期母親有多麼辛苦。她起初還會配合這種沒有結論的話題，但最近已經沒有力氣繼續。

「我晚點再打電話給爸爸。叫他不可以丟下媽媽出門。」

「嗯，拜託妳了。」

唯有這時，母親的聲音變得像少女。

任何辛酸的往事，對里美而言都是華麗的女人時代的一格畫面，是人生的依據。懷孕期間發覺丈夫外遇，牽著小孩去小三的住處接猛夫回家的經過；第一次收到珍珠戒指；痛苦之下開始勤跑新興宗教的道場；在那裡認識了男信徒，對方朝她大拋媚眼——猛夫雖然有段時間冷落自己，愛上外面的女人，但是自己應該還是有點吸引力……沒完沒了地繼續諸如此類的話題。

里美的健忘，偏重在忘記昨天吃過或剛才吃過的早餐，或者她沒興趣的話題，但是如果提到猛夫和兩個女兒小時候的事，她就會立刻精神百倍。已成為日常生活一部分的「我沒吃飯」這種強迫觀念，也許是她四十幾歲時罹患糖尿病時，嚐到「不能吃」的恐懼感造成的反作用。

曾幾何時，光靠和母親打電話已經完全無法了解母親的情況。

「那我去上班了。媽媽也要小心別感冒喔。」

「嗯，乃理也要小心。」

太好了——里美似乎還記得乃理的名字。

姊姊智代透露「母親好像忘了我的名字」是在今年春天。當時長子考取高中收到賀禮，她打電話過去道謝時姊姊不經意如此透露。

——我覺得她好像變得只拿她想拿的包袱。

——這是什麼意思？

——忘了我的名字，好像讓她如釋重負。我在想自己應該沒給她造成什麼負擔吧。

她經常對丈夫阿徹抱怨不肯回娘家的姊姊，但唯有這天，她直接對姊姊本人發洩積怨。

——妳知道嗎，我一直在想，妳那個「母親」或「她」的稱呼方式，是不是有點問題？年輕時妳不是也喊爸爸媽媽嗎？為什麼過了四十歲就變成「父親和母親」。而且「包袱」又是什麼意思？不提自己拋下爸媽撒手不管以至於被忘記名字，卻說每天打電話聽媽媽發牢騷的我是「包袱」？

——妳幹嘛這麼激動。妳應該也知道不是我願意拋下他們吧。對我而言，不被父母視為必要的這些年，就像是一種獎品。我們不是才商量過要好好討論今後的問題再決定嗎？不是說好要盡力而為嗎？妳盡力用妳的方式陪伴父母了，所以這樣就好，但也有些事並不是吧。幹嘛現在又翻舊帳。

——妳或許以為換個稱呼就能讓關係也改變，但爸爸永遠是爸爸，媽媽依然是媽媽。或許妳以為叫我乃理小姐就能劃清界線，但我們是姊妹，這一點不管過去或現在都是改變不了的事實。

姊姊用受不了的口吻說「這種話題，夠了吧」，乃理氣得立刻掛電話。本來應該是打電話去道謝的，為什麼會變成口角呢？自從那次對話後，乃理不再主動打電話給姊姊。她對丈夫阿徹發牢騷，丈夫卻悠然回答，「會生氣就證明感情還是很好。」

大家根本都不懂。

父親基於沒讓長女智代上高中把她送去學美髮的愧疚，讓高中畢業後的乃理進了會計職校。仔細想想，那樣的安排顯然是預定她將來做父親的事業幫手。姊姊或許覺得當了美髮師，人生被奪走一半，但在乃理看來自己也是被父親空有公司名稱的事業拖累的一人。果然，父親連雇用女兒的體力都沒有，最後乃理去札幌的房屋建設公司上班了。

彼此都受夠了對吧。

會互相說出那種話，可見姊妹感情還是不自然。就像是不知幾時能融解的冰塊夾在兩人中間的關係，正因為是骨肉至親，只會感覺越來越冰冷。

為了謹慎起見，她又打了娘家的室內電話。今年春天，母親接到打到家裡的推銷電話買了三次昂貴洗潔精被父親痛罵後，就不再碰手機以外的電話。

嘟聲響了三下，父親接起。

「怎麼打這個電話，有什麼事嗎？」

「沒事，我剛打媽媽的手機，她說爸爸不在，我不放心。」

「所以這通電話是打來查勤，看我有沒有扔下妳媽出去打小鋼珠？」

「犯不著用這種說話態度吧。我只是擔心才打來。」

「我應該從來沒做過什麼會讓嫁出去的女兒擔心的事。」

父親動不動就喜歡挑乃理語病的毛病幾十年都沒變。如果這點程度就投降，這些年根本應付不了這個父親。總是想找人吵架的他應該也有弱點，她相信互補弱點才是真正的親子。乃理這些年一直夾在姊姊和娘家中間，盡量讓雙方關係保持平穩。母親靠乃理來填補長女的不在，乃理靠母親來填補姊姊的不在，母女倆合力支撐父親任性的生活方式。

「拜爸爸所賜，我和姊姊才能夠好好珍惜自己的家庭。那個我知道。也一直心存感激。所以爸爸你別那樣說了。」

得知剛才和母親講電話時父親就在旁邊聽，她失落得幾乎渾身脫力。她問父親母親為何說他不在。

「早上起來，她發現好幾年前的一袋甘納豆就吃掉了。那甘納豆都已經發霉變得雪白了。我罵她亂吃這種東西，萬一拉肚子怎麼辦，她就生氣了，不肯正眼看我。就這麼簡單。」

「原來是這樣。爸爸每天也很辛苦呢，謝謝。」

這聲安慰，同樣也是對自己說的。到目前都沒有人對乃理說過這句話。可是她相信，只要對別人這麼說，遲早那句話會回報到自己身上。

乃理會有這種想法，也是幼年被母親帶去新興宗教留下的影響。當時母親熱衷去道場，她追著母親跑，總是在母親身旁聽別人談辛酸遭遇。大人們哭著傾訴煩惱的模樣至今深印腦海。如果以自己的慾望優先，之後必然會有報應。就連看似在社會上混得很好的人，私底下想必也抱著很大的缺憾。

「每次都講同樣的話很抱歉，但爸爸的身體也很重要，千萬別逞強。如果覺得吃力，隨時可以告訴我。我和姊姊都說好了，只要能力所及什麼都願意做。」

嗯——收起憤怒矛頭的父親報以低沉回應，就此結束通話。

她無意識地長嘆一口氣。身體頓失所有的氣，只好再次吸氣以便繼續吐氣。

晚餐後，她疲於應付一直抱怨沒電視看的孩子們，正在沙發打瞌睡時，丈夫阿徹回來了。阿徹在函館早市附近的商務旅館工作，去年升為主任。他說應該暫時不會調離此地。決定在函館定居養大孩子的丈夫，似乎已經從昔日在札幌的建築事務所遭受的人際關係打擊中振作起來。但是乃理不時還是會對丈夫說，「不用太努力沒關係喔。」每次比她小三歲的阿徹都會率直回答「謝謝」。

阿徹卸下背上的背包，脫掉身上的慢跑服。她接過沾滿汗水變得沉重的T恤。

「老公，你這件衣服如果扭一扭大概會擠出一堆汗水。你有沒有好好補充水分？」

她追著走向浴室的阿徹，把換洗衣物遞給他。阿徹的背上都是汗，在電燈下發光。跑步上下班讓他的身體變得緊實，好像又回到當初在札幌相遇的二十幾歲。

她和在建築事務所找到工作的阿徹，是在房屋建設公司做接待小姐時認識的。年紀比自己小的好青年，這個印象迄今不變。然而，最近他那種「不變的好青年形象」成了負擔。

小孩一個接一個出生，直到生下第三個，當了爸爸的他依然還是「好青年」的模樣。雖然會幫忙照顧孩子，但乃理發現他對待她的寬容大度和他對待其他人並無太大不同。小孩夜裡哭鬧搞得做母親的自己也想哭時，他會一起哄小孩。自己感冒爬不起來時，他也會去買菜。但是最近，她開始懷疑那是類似對待親近鄰居的溫柔。無庸置疑的溫柔，很像對待世間眾生的「親切」。

當初丈夫在建築事務所遭受的精神壓迫，仔細一聽詳情很像校園霸凌，但是在僅有三人的事務所，究竟是什麼原因造成的，乃理並不知情。她沒有逼不想說的阿徹勉強開口。如果問了，丈夫應該不可能再沉默，但乃理判斷這時候摧毀他的自尊心並沒有任何好處。

夫妻倆開始商量著另找工作。為了避開必須和他人密切互動的密室職場，乃理勸他選擇服務業這一行，因為她自己就有在建設公司做接待小姐的經驗。如果將重心放在對象不斷變換的一期一會，日常的職場問題應該也會變成以客人為優先，轉而針對外界。這個建議，阿徹也率直地接納了。

仔細回想起來，兩人好像就是從那時不再是「男與女」。長子一出生，乃理的稱呼就成了「馬麻」。照理說乃理對這個暖呼呼的稱呼應該感到驕傲和喜悅，但是被身心都恢復青春的丈夫這麼稱呼，就產生了一種好像只有現在被全家人喊「馬麻」的自己在女人之路走下坡的焦慮。

阿徹有工作的日子，白天和晚上都會在飯店內的和食店吃完員工餐才回來。乃理替阿徹做的，就是每天洗慢跑服和鋪床。有時「房東大嬸」這個字眼會浮現腦海，她慌忙搖頭。如果自己都看不起自己，之後只會有更悲哀的情緒降臨。

阿徹不喝酒，但是每天要喝大量的優酪乳飲料。因為天天喝，所以她準備的是紙盒裝的便宜貨，但有時發現產地限定的罕見品牌優酪乳也會買回來放著。看著阿徹回家在冰箱發現昂貴紙盒裝優酪乳時的模樣，也是乃理的樂趣。也許是因為丈夫不喝酒，乃理不知不覺也戒酒了。上班族時代也曾喝得爛醉，但那都成了遙遠記憶。如今已經失去喝酒的機會，也沒想過要喝，甚至已無法想像是否好喝。

她告訴丈夫已經更換廚房和樓梯的日光燈後，又補了一句電視沒畫面了。

「完全沒畫面？怎麼會這樣。」

「就是壞掉啦。即使把插頭拔下又插回去，也完全沒反應。對了，我想起來了，電視機這種東西好像每次都是這樣壞掉。而且畫面其實已經模糊很久了。雖然是慢慢變模糊，幾乎感覺不出來。」

「不能看就算了，這樣樂得安靜。」

「孩子們一直抱怨。沒有電視，他們立刻就回房間去了。你覺得安靜應該是因為這個吧。」

阿徹咕嚕咕嚕喝下倒進杯子的優酪乳。

「這種安靜真好。工作單位總是播放同樣的背景音樂，所以回到家這麼安靜，就覺得非常奢侈。雖然必須給客人提供安靜的空間，但我們其實是在各種聲音的包圍下工作呢。」

阿徹不管下雨或下雪都跑步通勤，她沒問過他跑步時究竟在想什麼。是在整理前一份工作的記憶？是當作熬過現在的手段？抑或是為了每一步都離家更遠，或每一秒都離家更近的儀式？

「那，暫時就不買電視了吧。」

「孩子們會答應嗎？」

「不答應的話就給他們看存摺。」

本來是當作笑話的一句話，卻讓阿徹臉色一沉。

「不是不是，我不是那個意思。」

當然知道不是那個意思。乃理心涼地凝視著救不了當下氣氛的一句話兀然漂浮在兩人之間。杯子內側有一層優酪乳的白膜。那是可以看出倒進多少、從哪個方向喝下的足跡。沒有刻度也就算了，至少要有回顧時可以清楚看見的足跡。驀然間，在這安靜的夜裡，她很想窺視丈夫的內心，於是問道：

「欸，你每次跑步的時候都在想什麼？」

「必須小心別擋到車子，或者今天身體很笨重或輕盈之類的。」

「就這樣？」

阿徹含糊其辭說「大概」後，露出好像想到什麼的表情。

「對，可能就是什麼都不願去想所以才跑步吧。」

「是喔，原來如此。」

她已經什麼都問不下去了。一直以來乃理覺得是為了他好，給他的建議和幫助，如果這些對這個人而言都屬於「不願去想」的範圍——安靜的夜晚，彷彿小小的火焰搖曳著向前伸展的徬徨不安，在內心深處亮起。

兩人之間，只有一個優酪乳已喝光的杯子。

阿徹進被窩後，乃理在睡意降臨前繼續發訊息給姊姊的手機。就算沒有直接對話，報告和分享資訊還是很重要吧。通常三次只會有一次收到回覆，但她還是相信，只要自己不放棄聯絡，對方頑固的態度遲早也會化解。

——姊姊，最近好嗎？今早我難得和爸爸講了電話。和媽媽用手機交談時，她說爸爸不知道去哪了，我不放心，於是改打家裡的電話，結果爸爸說他一直坐在旁邊。好像是因為媽媽吃了放太久的甘納豆挨罵，所以才說爸爸不在。媽媽這種小小的抵抗很可笑。

她繼續給與其說是旁觀毋寧更近似漠不關心的智代發這種自我滿足的訊息。

關於今後母親症狀惡化時的對策尚未好好討論，令她耿耿於懷。

過完一學期的孩子們似乎也對電視有點死心了。沒有社團活動的日子，乃理要出門打工前他們才起床。暑假第五天，烏雲籠罩在擠滿觀光客的街頭，一早就光線昏暗。

她替孩子們準備了隨時可以吃的豆皮壽司。油豆腐皮是已有調味的市售既成品，卻比飯糰更受歡迎。把壽司堆滿盤子，蓋上保鮮膜時，手機開始震動。是里美打來的。「喂？媽媽，今天也好嗎——」她還沒說完，母親高亢的聲音響起。

「乃理，乃理，乃理，乃理。」

「怎麼了？出了什麼事？」

「乃理，乃理，乃理。」

一手拿著電話，她想盡辦法安撫哭泣的母親。必須先問清楚發生了什麼事。

「妳冷靜一點媽媽。怎麼了？發生什麼驚人的事？沒事，妳先告訴我。真的，沒事。」

沒事，是這種場合該用的字眼嗎？不，重點是母親的哭聲。

「爸爸不能走路了。爸爸說他不能走路了。」

胸口撲通砸落巨石的衝擊傳來。勉強設法把吐盡的氣又吸回胸腔，她問：

「爸爸還能說話吧？只是不能走路吧？媽媽，妳可以把這支電話拿到爸爸耳邊嗎？」

母親嗯嗯應聲，似乎正把手機拿去父親的嘴邊。彷彿可以看見慌亂的母親，以及對母親的哭聲毫無辦法的父親。砸落胸口的巨石逐漸膨脹。

「乃理啊？」——不是平時強硬的口吻，聲音很沙啞。

「爸爸，你怎麼了？出了什麼事？」

「天花板一直旋轉，我動不了。一睜開眼，好像被整個房間甩來甩去。打從剛才就一直吐。」

「快叫救護車啊！」

她大喊。但慌亂的母親求救的對象不是救護車也不是鄰居，而是就算不眠不休從住處飛車趕去也要八個小時的女兒，這個事實讓胸口的石頭更加沉重。無論是每天保持聯絡，或是這些年互相依賴的時光，在這種事態面前好像都只是無用的裝飾品。

「妳媽，慌了手腳，不會叫救護車。她害怕，也不敢出門。這傢伙真是笨——」

「你跟她說一、一、九！」

父親又在電話那頭吐了。乃理掛斷電話。一定要想辦法。凝視手中的手機數秒後，她按下一一九。

「這個電話，可以叫到釧路那邊的救護車嗎？」

對方詢問是什麼狀況，她把剛剛聽到的情形，盡可能挑選簡短正確的說法告訴對方。乃理記下對方給的釧路防災中心的電話號碼，道謝後掛斷。接著撥打剛聽到的號碼。她已經冷靜下來足以按表操課。胸口的石頭不可能輕易消失，但至少應該可以讓救護車火速趕往娘家。雖然在電話中被問起「隔壁鄰居的姓名」她卻答不上來時，對方有點錯愕，但她很滿意自己至少能夠流利報出父親的出生年月日和住址、常去的醫院名稱。對方又問娘家的電話號碼，她說「母親有失智症，因為種種原因不接室內電話」。對方回答「知道了」。

她再次拿手機打給里美。這個不可靠的機器就是她與母親之間唯一的通訊手段。母親萬一把手機忘在哪裡，就再也沒辦法聯絡了。想到這裡，心口的巨石更沉重了。

「媽媽，待會有救護車過去，妳不要驚訝喔。沒事的。我想拜託妳一件事。請妳拿著手機去玄關，打開門鎖。妳做得到吧？」

「嗯，嗯。」

她確認里美打開玄關門鎖的聲音。

「聽好，等救護車來了，妳要帶著爸爸的替換衣物和健保卡一起去醫院喔。」

「嗯，嗯。」

通話中不管她做出什麼指示，驚慌的母親都聽不懂。患有高血壓和糖尿病的母親，就算叫來救護車，她也無法主動開口求救。年老失去判斷力的母親，簡直像還沒上小學的幼兒。

「爸爸的情況怎麼樣？還在吐嗎？」

里美不知道把手機擱在哪裡，逕自大喊，「爸爸！爸爸！」乃理忍不住怒吼，「拿手機！」喉嚨一陣撕裂般的痛楚。就算孩子調皮搗蛋時，她也不曾這樣大聲過。

母親不像是在忙著待會上救護車的準備工作。被扔下的手機只傳來母親連聲呼喚「爸爸，爸爸」。

就在她把手機貼在耳邊站在客廳中央發呆時，長子聖也下樓來了。

「怎麼了？發生什麼事？」

「是外公，他忽然暈眩不能動了。現在叫了救護車。你外婆慌了手腳。」

她留神注意手機那頭的情況，門鈴響了。

「來了，救護車來了。」

重新拿起手機的里美，對著乃理這邊問「請問是哪位」。

「媽媽，救護車來了，妳快去準備。把這支電話交給急救隊員，拜託。」

在乃里的指示下，手機從里美的手中交到急救隊員手裡。對方說父親雖然能說出自己的名字但嚴重暈眩，不能動也無法睜眼。

「等我們聯絡他常去的醫院，就會送到那裡。到了醫院之後，是打這支電話號碼聯絡嗎？」

當然，拜託你了——她對著看不見的對象鞠躬。不知不覺淚水已奪眶而出。她雙手緊握已結束通話的手機，和內心溢出的顫抖奮戰片刻後，將替換衣物和盥洗用具扔進大型環保袋。

「馬麻，妳要去哪裡？」

「去外公那邊。」

「等狀況清楚之後再去比較好吧？」

長子成熟的口吻，令她驚訝地看著對方。不知幾時他已經長得比乃理高很多了。

「是嗎？」

「嗯，上次我們上課時，生物老師忽然頭暈，狠狠一頭栽倒。是那種幾乎以為他瞬間死掉的栽倒方式喔。學校立刻叫了救護車把老師抬走了。結果聽說是什麼眩暈的發作，等我放學參加社團活動時，聽說老師已經沒事，回家休息了。」

所以，馬麻最好也打聽清楚狀況後再行動。兒子說。她一邊感嘆小孩轉眼之間就長大了，一邊想到變得像小孩一樣的里美，不由得再次眼眶發熱。

她忍住立刻趕往車站的衝動，準備出門打工。按照平常步調過生活，同時再來決定下一步。想到這個建議是兒子給的，內心就湧現言語難以形容的感觸。

如果是丈夫阿徹，這時會怎麼說呢——累積在乃理內心甚至不能用不滿來形容的細小顆粒膨脹成團。

——那妳趕快去爸那邊陪伴他吧。我想媽一定很無助。我們會自己照顧自己，妳不用擔心。

阿徹在二十歲那年母親過世，因此一提到岳父岳母的事就會變得過度感同身受。

——我想孝順都沒媽媽可孝順了，我爸也有了新老婆和小孩。

在這樣的開場白之後，通常他接著說出的話總是令乃理不禁想鞠躬致敬，但最近那些話不可思議地並未在她心中產生任何觸動。

下午兩點，被老闆指責工作期間一直心不在焉，她乖乖道歉後離開打工地點。一走到馬路上電話就開始震動。是里美。

「爸爸現在剛打完點滴。他叫我打電話給乃理。」

「爸爸情況怎樣？要住院嗎？」

明知不能一口氣丟出一串問題，還是忍不住。

「爸爸說要回家。他說已經沒事了。妳等一下。」

父親的聲音取代母親，鑽進耳中。

「讓妳擔心了。多虧有妳幫忙。我現在得回家找健保卡。就算問妳媽，她也不知道收到哪裡去了。我可沒那個閒工夫眩暈發作。回家還得做飯給妳媽吃。」

不知他是掩飾難為情還是虛張聲勢，抑或兩者皆有，總之聽到他這麼說，本來壓在乃理心口的石頭，倏然從腳下被吸進柏油路面。

當晚，她向返家的阿徹報告娘家發生的事情經過，阿徹倒優酪乳的手頓時停住。他用聽來不帶責備的平穩語氣說：

「那妳怎麼沒有立刻趕過去？」

「我本來已經準備要去了。是聖也叫我先觀察情況，我才霍然回神。爸他自己堅持要回家，不過好像還是要先住院一晚做些檢查。」

「就算是這樣——」阿徹很堅持，「如果等他們聯絡妳之後觀察情況再去，有時已經太遲了。我到現在都很後悔那天為什麼沒有先去看住院的母親，再去上學。沒有出大事，可能只是今天碰巧運氣好。就算是為了不讓自己後悔，這種時候妳也該立刻趕去。我們會自己照顧自己的。」

阿徹的母親，在他和小兩歲的妹妹都還年幼時，據說就一再住院。四十幾歲就喪偶的公公，如今已經和在陶藝教室認識的同齡女性再婚。

果然和白天預測他會說的話一樣。正當得可怕，洋溢善意，堅定不移。乃理對於過去一直覺得他是大好人的想法並不懊悔，現在也依然被他這種健全的想法吸引，但是該怎麼說呢——該怎麼說呢？

一旦化為言語，頓時好像自己變得很髒，令她渾身寒毛倒立。想變成他這種人的時光已異樣遙遠，乃理閉眼數秒。

阿徹身為一個人，並沒有說錯任何話——自己該不會就是受不了他的「沒有任何錯」吧？這麼一想，美麗地糾纏在一起的無數絲線，其中一根細線頓時斷掉。就斷在貼近乃理肌膚之處，因此阿徹應該看不見。縱使斷了一根，對家庭也不會有太大影響。只要過個幾分鐘，就連乃理自己都會搞不清是哪一根線斷掉。只剩下曾有一根細線斷掉的記憶。

猛夫的眩暈，並無特定病名。也沒有罹患會引發眩暈的疾病，據說醫生也想不出其他可能的原因。勉強要說的話是心理壓力所致，乃理聽了之後，感到喉嚨被石頭塞住。

父親出院後打來的電話中，說明檢查結果的聲音比平時還要軟弱。她暗想父親平日如果也能保持這種情緒該多好，一邊聽他報告住院一天讓里美心情大為沮喪的經過。

「就算我要住院，可是沒準備替換的衣物也拿不出健保卡。我固然失望，她自己好像更失望，早晚哭個不停，真是傷腦筋。」

「媽媽為什麼哭個不停？」

「好像是覺得處境悲慘吧。後來還問我，萬一我先死了怎麼辦。關於這點，我比她更擔心。如果我在那種狀態下留下妳媽先死了，我死都無法瞑目。」

她本想說這種話不吉利，卻還是閉上嘴。

今後已經沒時間管什麼吉不吉利了。從父親的口中，終於嚴肅地冒出「如果死了」這個話題。雖然過去也聽過很多次，但唯獨這次氣氛不同。就算感冒也不吃藥，臼齒化膿也用老虎鉗自己拔牙的父親，居然只因為一次眩暈發作，就說留下母親會死不瞑目。

「對不起，讓爸爸這麼不安心。」

冷不防從口中滑出的話語，乃理自己都嚇了一跳。道歉和關懷的話，不假思索就脫口而出。脖子緩緩滲出冷汗。

「我也老了啊。」

「爸爸已經不能再逞強了。如果能去我真的很想趕過去。媽媽想必也很不安吧。」

雖然喉頭一直堵著石頭，話語倒是輕鬆就脫口而出。明知腦袋、嘴巴和心這三者各自為政，還是無法遏止。腦中浮現母親哭泣的樣子，內心厭惡一不小心背負著的現實包袱，嘴巴卻一直試圖徹底扮演「好女兒」。曾經想成為阿徹那樣坦蕩善良的自己，彷彿蹲在家中某處看著她，令她渾身不自在。

「我一直想著至少不要麻煩嫁出去的女兒。」

「就算嫁出去又怎樣，爸媽永遠是爸媽。彼此擔心是理所當然。爸爸，你如果不安心，我隨時可以過去喔。」

不能趕去時的自己，當然是有正當理由的。藉口和理由的石子一顆顆累積，她一面繼續前進。被女兒的關懷牽絆著，父親吸了一下鼻子。

「到時候我會拜託妳。謝謝。」

乃理盯著掛斷的手機茫然看了一會。自己說了什麼無法挽回的話嗎？是真心那麼想嗎——這種類似沒畫面的電視的包袱繼續累加的恐懼，告訴自己「能夠做個好女兒，這應該不是做戲」的自我說服，以及父母將雙手搭在女兒肩上的模樣浮現。

連嘆氣都有所顧忌的念頭，既非好女兒也非正常人，更非為人母者該有的。

——萬一爸媽真的決定讓她照顧該怎麼辦？

阿徹肯定會說「我們要盡力而為」。丈夫今後也會風雨無阻地天天跑步，認真工作，喝優酪乳。乃理不敢窺探這個好丈夫的內心。萬一窺探之後，在丈夫心底發現黑暗的東西怎麼辦？如果什麼都沒發現，那更傷人。

脖子的汗發冷，兩肩異常僵硬。就算想轉動脖子，也痛得動彈不得。眼睛深處一陣針刺般的痛楚。

當晚敘述電話內容時，阿徹用尚留有沐浴乳香氣的笑容說：

「留下兩老的確不放心。我看應該讓他們搬過來比較好吧。」

「讓他們搬過來？什麼意思？」

明明已經猜到接下來的話，為何還要問這麼無聊的問題？乃理的嘴巴，也同樣冒出這個場面想要的台詞。

「函館是個適合居住的城市，兩老一定也會喜歡的。我認為應該讓他們考慮一下遷居此地。現在正是好機會。」

在說出謝謝之前，她用了異常漫長的時間看著丈夫的臉。看不出工作疲憊，面帶微笑的阿徹，露出甚至令人想膜拜的高貴表情。丈夫是說真的。然而還是沒有觸動乃理的內心。

「就算叫他們搬過來，他們也不見得肯吧。」

「趁著兩老還健康得能夠散步的時候搬過來很重要喔。讓他們四處泡泡溫泉或觀光旅遊應該也不錯。」

她差點想問，我們家哪來那麼多的錢？但她還是打消念頭。又沒人規定必須是他們兩人出錢照顧父母。父母自有他們的養老資金。父親不是常說不會靠兩個女兒照顧。

——或許真的有辦法。

好女兒這個重擔，會靠著實際展開行動而逐漸消除。如果真的成為好女兒，自然也就不會產生任何落差了。總之現在，只要讓父親知道丈夫有這樣表態過就夠了。

「等爸爸心情好時，我會告訴他阿徹這麼說過。謝謝。」

腦子在想，這年頭就連廉價的家庭連續劇恐怕都不會有這種對話。嘴巴卻在拼命堆砌理想的文字組合。至於內心，則有一台攝影機在冷冷眺望這樣的自己。

好累——所謂的真心話，就是靠著假裝沒注意而得救。乃理硬逼著自己開心。阿徹看起來也很開心。今天他一口氣喝掉半盒一公升紙盒裝的優酪乳。
她暗自歎服這人每天光喝優酪乳居然不會拉肚子，同時卻也煩惱照他這種喝法，兩天就得喝光一盒。另一方面，又覺得丈夫不喝酒也不賭博，區區一盒優酪乳算什麼。
「阿徹，你會不會喝太多了？」
驀然回神時，話已經說出口。阿徹一臉不可思議地看著乃理。眼眸毫無陰影。
——唉喲真討厭，拜託別用那種眼神看我。我可不想被當成為了一盒優酪乳囉哩囉嗦的老婆。但那盒是十勝的品牌，還挺貴的。
「我是怕你喝壞肚子就麻煩了。」
「喝喜歡的東西不會拉肚子喔。」
她的視線對著微笑的丈夫鼻樑那塊，回以微笑說「是啊」。暢快跑步後攝取大量鈣質和糖分，阿徹今天也會睡得很熟。晚上被晾到一旁的乃理身體，就像泡爛的烏龍麵變得軟趴趴，連高湯也吸收不了。

開始刷牙的阿徹，T恤浮現美麗的肩胛骨線條，有節奏地上上下下。無意間，她覺得自己早在生下大兒子之前就在養育這個男人。不睡老婆的「家人」雖是丈夫卻不是男人，就算是男人也像是兒子，一旦開始思考就有某種東西在某處逐漸扭曲。

「岳父岳母那邊，多花點時間慢慢讓他們考慮搬過來吧。那樣最好。」

被那幾乎令人窒息的爽朗綁住，她甚至無法出聲回答，只是努動下顎回應就已經費盡力氣。

對於住在函館的二女兒夫婦的提議，父親做出「欣然接受」的答覆，是在乃理轉達阿徹意思的三天後。在她去打工前的短短三十分鐘，猛夫在電話中感慨萬千，卻又帶點豁出去的開朗味道說：

「我和妳媽討論後，決定在函館有個房子也不錯。如果有不錯的物件可以幫我留意一下嗎？」

「知道了。住公寓比較方便，我先找找看房租適合的地方。」

電話那頭的氣氛頓時變了。父親的聲音略為降低。

「不，我才不要付房租那種莫名奇妙的錢。既然要住就住獨棟的新房子。妳能否幫我找找看風景不錯的土地？」

「從土地開始找？函館風景好的地方都已經蓋飯店和墳墓了。既然要住，我倒覺得還是選生活機能方便的地方比較好。」

「我都這把年紀了，不想過日子還要看鄰居眼色。」

「爸爸，每天像住在觀光飯店的生活，誰也做不到啦。」

她想起父親在釧路買的房子。佔地遼闊，房子也大而無當，完全不符合老夫婦居住的條件，與其說是家，更像是公司的員工休閒宿舍。這個時代，光靠豪華當賣點的住宅根本沒人要買，當初也是等房子降價才買下的。住進去後，里美開始抱怨包括水電費等必須花費龐大的費用來維持。

「就連現在的房子，對你們兩人來說不也太大了嗎？年紀大了就不要在家裡堆放那麼多東西，還是過得簡單點比較好。最近電視上也說那樣才是主流。」

正確的意見必須盡量用尊敬的語氣加以粉飾之後才能說——可惜當她察覺這

點為時已晚。

「我都到了隨時可能會死的年紀，還得在租來的房子窩囊過日子的話不如立刻死掉。」

對於身體已經恢復正常的父親而言，遷居函館的計畫也成了「在女兒住的地區擁有渡假別墅」。這時候就算想設法解釋或說服也毫無可能，因為從小就看過太多這樣的場面。現在她已能理解，母親當年之所以熱衷宗教，也是因為想找個人傾聽自己說話。結果，母親熱衷的道場也只去了幾年就不去了，但是被母親帶去聽大人談辛酸史的那段時光，在乃理心中留下了「只要自己改變，對方也會改變」的根本想法。

她姑且先答應父親的要求，掛電話之前再次確認：

「那我先從賣掉那房子的錢買得起的地段找找看。」

父親的聲音出現變化。她告誡自己，會覺得父親的聲音聽來半帶嘲笑，是因為自己的本性有叛逆心。

「妳說什麼傻話。我應該沒說過要把這裡賣掉吧。」

「要在釧路和函館各有一棟房子，維修費不會太吃力嗎？」

「夏天就在這裡悠哉地打公園高爾夫球，妳那邊就留著冬天四處泡溫泉用。」

乃理懷疑其實患有失智的應該是父親，接著急忙抹消那個念頭。這種話如果說出口，本來好好的關係也會弄僵。父親像是要給乃理的不安再補一刀似地高聲說，「在函館買的房子，就用我本來存下來準備將來送妳媽住安養院的那筆錢。我其實早就考慮周全。」

父親的「考慮周全」，似乎不包含他自己的方便以外的問題。

「總之，妳給我找個寬敞好住的房子。」

最後，父親又說了一句讓乃理的心臟膨脹成二倍的話才掛電話：

「如果有妳中意的，買二世代住宅也行。」

她彷彿遭到天降熱雨的衝擊。結束通話的手機忽然變得輕盈。

——二世代住宅？

她試著想像，自己一家也住在用那筆讓母親住安養院的資金買下的房子。不知為何，她想起的是幼年，爸媽吵架的場景。

父親憤怒的理由，有時是生意失敗，有時是客人的態度，有時是老婆怨恨的一句話，有時是孩子們晦暗的眼神，但是每次，母親都會問長女智代和乃理：

「如果我們離婚，你們要跟誰？」

——媽媽其實一個人也活得下去。如果我帶著美髮工具離開這個家，你們要跟誰？

姊姊的回答永遠是「誰也不跟」。但乃理毫不遲疑地選擇母親。之後過了數十年，這次是父親把兩個女兒放在天秤上，選擇了乃理。

不知是甜蜜還是辛酸的感情流過內心。乃理得到了小小的家庭幸福。然而，若說她從沒嫉妒過姊姊擁有一個人也活得下去的技術，那是騙人的。

成為被父母選中的女兒——眼前的那個，似乎就是乃理選擇的幸福終點。她徹底隱藏「贏了姊姊」這種心情。不過這個從天而降的「新生活」，哪怕是依靠父母的養老金也無所謂。身為被選中的女兒，要給父母的餘生盡可能付出關愛——想到這裡，忽然喘不過氣，她蜷身蹲下。這是從未有過的疼痛。想著怎麼辦怎麼辦之際，疼痛倏然遠去。只剩下痛過的記憶兀然漂浮在空中。

原本有點渾渾噩噩的生活，突然降臨「找房子」的樂趣。而且是二世代住宅。在有限的條件、有限的資金、有限的時間內，那就像尋寶遊戲，讓乃理的每一天變得明亮。

身為被父母選中的女兒，得到的獎賞就是「房子」。四十幾歲就可以住在沒有房貸的房子，對今後的生活不知是多大的助力，光是想想都恨不得高呼萬歲。無論是照顧親生母親或安撫脾氣古怪的父親，這不是大家本來就在做的事嗎？她這麼告訴自己。不知不覺腦子、嘴巴和心靈的分裂也變成被洋菜凝固的果實，在乃理的內心，「尋找二世代住宅」成了迫近眼前的決戰場。除了里美的手機，她打家中那支室內電話的機會也增加了。

——我好歹也有買一棟房子的錢，妳不用擔心。

——顧及今後，我會找無障礙空間的房子。

——衛浴設備和玄關要各自獨立。因為我們怕吵。

——收納空間多的房子比較好吧。

和父親的對話雖然多少有點雞同鴨講，但她不以為意。她打算遲早要讓父親賣掉釧路的房子，況且在遙遠的地方還有出租屋，心情怎麼可能愉快。必須在某種程度上搞清楚父母的資產。

乃理開始找房子後，阿徹就像看什麼耀眼事物般每晚誇獎她。

「妳看起來很開心。馬麻果然還是這樣開朗最好。連我也跟著開心。今天找到好房子了嗎？」

「還沒，我正在上網查各地的房屋仲介商。我想不錯的房子說不定不會放到網路上，所以也勤快地四處跑。」

只要把丈夫當成自己生的第一個孩子就行了。然後，母親逐漸變回孩童，父親終將去世。乃理的人生想必會成為萬物之「母」，藉此畫出美麗彩虹，最後抵達藏寶地點。小時候去宗教道場聽過的話，支撐著乃理的心情。

——自己如果不先改變，別人也不會變。

已經四十四歲的今天，當然明白自己沒有那麼容易改變。但是，可以改變思考的角度。乃理將成為大家的母親。那樣就夠了。對於已卜算完自己將來命運的乃理而言，不用擔心經濟問題的明天充滿光輝。腦子也不會再和心、口分家。

乃理每天去打工前和下班回家的路上乃至在家的時間，幾乎都耗在尋找函館的二世代住宅空屋，而且最好是新房子。找房子的過程中，沒有畫面的電視，聲音變得怪怪的冰箱，半夜還熱衷上網並在異常時間要求吃早餐的孩子們，她通通都不在意了。

終於找到理想的房子是在八月初旬，整個北海道氣溫達到三十度的地區多達三處的那一天。距離五稜郭[7]走路十分鐘，兩邊的玄關和衛浴設備各自獨立，佔據一樓三分之二的父母居住空間是無障礙空間。如果選這裡，孩子們可以一人一間房。一樓的西式房間如果當作夫妻的臥室，夜裡有什麼事也能立刻趕到隔壁。距離最近的超市走路只需五分鐘，孩子們也不用轉學。

她匆匆做好晚餐，立刻打電話回娘家。打母親的手機溝通太慢。今天她想直接和父親說。給麵線的調味汁切好蔥花後，她撥打娘家的電話。

接電話的父親，語氣悠緩地問她：

「有什麼事？」

「這還用說，我找到屋齡十年的好房子了。到今天才好不容易找到的。」

報告房子格局時，父親直接插嘴說：「多少錢？」「那個——」乃理慎重地公布答案。應該絕對不算貴。

「房子改建過，內部和外觀都毫無問題。和新房子一樣。如果是新房子價錢絕對要雙倍。很不錯吧。」

「不是新房子我有點介意。」

「二世代住宅的新屋很少。業者也說那種房子幾乎都是有需要時才會下單建造。」

「能不能再便宜點？」聽到父親這麼說，乃理回答，「我想應該還有談判的空間。」其實很想立刻就付二十萬訂金，但這時如果不說服父親，不可能繼續下一步。

「如果選這棟房子，每次散步都能欣賞五稜郭的四季風情。搭新幹線去本島旅行也不錯。我希望爸爸和媽媽逍遙過日子。雖然有點晚，但這樣我也能盡點孝

7 五稜郭，日本江戶時代末期建造的星形要塞，現在是函館的知名觀光景點。

道。」

這不是謊言也不是胡扯。對父母的感情，話才出口就變成真心話，溫暖了乃理的心。父親在電話那頭吸鼻子。

「你們就過來住住看嘛。也可以讓我家幾個小鬼頭體驗有外公外婆同住的樂趣。」

對於從小看著母親與奶奶爭執長大的乃理而言，自己的孩子與外公外婆愉快共餐的情景是未知的喜悅。

是啊——父親放軟姿態讓步了。

「那我就先付訂金，把房子訂下來囉。你們可以慢慢先整理行李，準備冬天過來這邊住。」

「那棟房子這麼搶手，必須立刻付訂金？」

「因為地點好。」

乃理說自己去看過房子後，好像也有幾組客戶對那棟房子有興趣。這不是騙人，業者也說，「昨天才公開訊息，立刻就有三組客戶來電洽詢。您是第一個來看房子的。」也就是說，今後去看房子的人會越來越多。

「在函館市內算是相當搶手的房子喔。」

「訂金從哪來？」

「我先拿我的私房錢墊。」

她本想說「全額」又慌忙吞回肚裡。有時不可思議的話語差點脫口而出。好險，萬一說出口就完蛋了。這樣的警惕把她拉回來。父親沉吟。她暗自懊悔是否太性急了，急忙又補充「不用急也沒關係」。

「訂金我來付，妳安心吧。」

沉浸在恨不得跳起來的喜悅中，乃理慎選遣詞用字。如果惹惱父親就完了，關係將難以修復。她一直覺得很不可思議，這樣頑固的父親為何會原諒熱衷宗教的母親，一起生活這麼多年。母親總說「是因為有你們」，在兩個女兒面前滔滔不絕抱怨。如今她連這種事都忘了，似乎打算一個人愉快地離開人世，但是忘不了的家人，為了盡可能抹拭那些記憶，總是掐著身體某處過日子。

「謝謝你，爸爸。」

淚水倏然滑落。這是能夠盡孝的喜悅，是雖然發生過很多風波，但最後還能替父母養老送終的感激。三代同堂愉快共餐的風景就在前方。溫柔地包容乃理這個理想的，是父親的經濟能力和年老的母親。

給孩子們吃了麵線和炒什錦蔬菜當晚餐後，乃理出去買阿徹要喝的優酪乳。她拿著錢包和環保購物袋，走過仍留有白天熱氣的夜晚住宅區。家家戶戶都開著窗子只剩下紗窗，各種年齡的聲音傳到馬路上。

以前上班時的知識派上用場。屋齡十年的房子，除非真的很不愛惜房子，否則整修之後幾乎等於新屋。只要把浴室、廚房、廁所全部換新，看起來和新房子沒兩樣。取得猛夫的允諾後，她立刻打電話給業者。儘管她說明天就付訂金，對方也沒有舉手歡呼，這正是房仲業者的策略。對方態度始終如一，堅持房子的確很搶手。

父親說的「妳安心吧」還是第一次那麼強大地打動心房。乃理有點如在夢中地走向超市。海風吹過，脖子上的汗逐漸乾了。

把阿徹喜歡的優酪乳放進籃子，四處閒逛物色折價品時，高高堆積的新上市罐裝燒酒雞尾酒映入眼簾。是乃理年輕時喜歡的明星做宣傳。試飲價格八十八圓，頓時令她大為心動。

看到「流入乾渴的喉嚨」這句廣告詞，當下真的口渴了。果然很會做宣傳，她拿起一罐。酒精濃度百分之五——和啤酒差不多。再仔細一看，五顏六色的罐裝燒酒和雞尾酒排滿冷藏區。

她盯著寫有「爽口柚子風味」的罐子數秒後，放入優酪乳旁。籃子裡兩罐相鄰的飲料，就像從不交會各自奔馳的阿徹與自己。

回家這段路上，流入乾渴喉嚨的酒精，像水一樣被身體吸收。沒有喝酒的感覺。對成年人來說很順口，就只是甜甜柚子味的果汁。把空罐扔進超商的垃圾桶後，只剩下「爽快感」。

回到家，與丈夫之間的那種微微刺痛已悄聲潛藏。罐裝雞尾酒比阿徹的優酪乳還便宜。

回到家的阿徹，聆聽心情愉悅的妻子報告，然後又誇她，「關於房子改建，馬麻可是前任專家，我很放心。不過，區區一點訂金真的不用由我們出嗎？」

「我是可以先墊，但我想還是讓爸爸表現一下比較好。他這個人如果不是自己出錢，就不肯正大光明住進來。總之他最討厭麻煩別人，結果還不是一直給我們找麻煩。現在他照顧媽媽或許覺得已經還了半個世紀的舊帳，但他以前讓我們全家吃的苦簡直數都數不完，所以這點付出我覺得是理所當然。」

咦，這話說得直白，連乃理自己都驚訝。腦子和心、口之間的空隙消失了，真爽。她率直地發現，其實早就想這樣毫不修飾地和人說話了。驀然間，她也想貼近母親早逝的丈夫的心。她說出對丈夫雙親的顧忌，藉此保持這段對話的平衡。

阿徹一邊轉動跑步後的關節，一如往常用輕快的語氣說：

「用不著在意我父母。老實說，就連愛上別人的父親，對我而言大半也等於外人了。」

——應聲點頭的瞬間，酒精帶給她的「爽快感」消失了。

腦海浮現阿徹的父親，以及雖然說是續絃但和公公一樣是大好人的婆婆。阿徹並沒有用「絕不原諒」這種字眼。相對的，他保持著任誰看了都不會懷疑的距離。

想成為這種人而靠近的心，被阿徹誠實的發言狠狠抓傷。乃理努力露出笑容，回了一聲「謝謝」。

辦完大部分手續並且分二次付款後已到了九月底。乃理一家先搬完家，之後就等父母的到來。

收到看都沒看過的鉅款後又立刻匯出的作業，因為不是自己的錢，所以可以客觀的視為工作，可是最後一筆尾數到百圓的付款，反而讓事情的重大迫近心頭。每次看到趁勢買下的六十吋大螢幕電視，就會有輕微的戰慄。

——爸爸，真的可以買下你看都沒看過的房子？

——與其把妳媽送進都是外人的安養院，讓她待在有血緣關係的女兒身旁肯定更好。

——我覺得這個大小給你們兩個住剛剛好。

——等我先死了，妳媽就交給妳了。就是為此才買的房子。

和父親的對話還是一樣牛頭不對馬嘴，每次都會增加更多雞尾酒空罐。

乃理憑藉「替父母養老送終的決心」而得到房子，她留心盡量不去正視這個現實。如果光看事實，想必會顯得自己的行為有點狡猾。她告訴自己，對父母而言，今後三代同堂才能毫無顧忌地接受女兒夫婦的照顧。

每當這個夏天的決定擾亂心情時，她就去超市買最便宜的罐裝雞尾酒。最貴也不過一百圓，這是填補心靈空隙的投資。哪怕只是片刻，包袱從自己肩頭滑落的感覺，是言語難以形容的解脫，更重要的是不用對任何人說出不滿就解決了。保持精神穩定的一百圓，帶給乃理的東西遠超過那個金額。新居廚房的收納空間有過去的三倍大。只有乃理才能打開的門內深處，放著整箱買來的罐裝雞尾酒。心情不平靜時，就拿去冷凍庫急速降溫後飲用。反正這個分量不可能喝醉，就算喝完一罐也不會影響她做家事。沒打開的罐子和空罐，都在同一個場所。讓她累積罪惡感的只是百分之五的酒精，她覺得和阿徹的優酪乳沒有太大不同。

這次意外搬家，最開心的是孩子們，或許是每人分到的房間洋溢著從未見過的自由，除了吃飯時間幾乎都不出房門。本來非得用衛星電視頻道看的節目，現在也可以在網上看。

意外的麻煩是小女兒現在開始吵著不要和二哥共用電腦，想買自己專用的電腦，除此之外的確是非常舒適的新生活。

寬敞的客廳牆邊，放置的超薄型大電視就像祭壇，意外的是阿徹居然很高興地說「新年可以用這個大螢幕看箱根馬拉松接力賽」。

那天乃理提早抵達函館車站。

她在等昨天在札幌過夜後，預定搭乘早班車抵達函館的父母。阿徹要上班，孩子們要上學都不能來，但觀光地區吹過的秋風和高遠的天空似乎都在愉快地歡迎父母二人。

到了列車抵達時刻。只見年邁雙親手拉著手，從靠海的月台走向車站內。父親牽著變得瘦小的母親。乃理湧現的喜悅中，微微摻雜著對姊姊的優越感。雖然已經盡量不去意識到，但是看著年邁雙親出現在眼前時，還是會忍不住覺得自己做的「好事」，踩扁了姊姊的不通人情。

——現在才告訴姊姊可能有點晚，不過爸爸媽媽已經決定搬來函館了。

——妳家阿徹怎麼說？

——他很高興能夠盡孝。

唯有這句她刻意慢吞吞強調，但姊姊只回了一句「那就好」。對於乃理得到房子（雖然那是父親的資產），姊姊似乎沒話要說。乃理多少感到有點失落，但還是為遲來的報告致歉。同時，內心某處也在高呼萬歲。

父親似乎對「自己的房子」很滿足，二世代住宅的生活，也有了愉快、順利的開始。第一天晚上順帶慶祝的晚餐，提早回家的阿徹就像對待自己父母一樣高興，因此父親似乎也飄飄然，心情大好。看他給三個外孫大筆零用錢的模樣，乃理彷彿覺得是幼年的自己回來了。

來到女兒一家住的二樓客廳時，父親不經意說了一句「這房子的樓梯好陡啊」，母親也嘀咕「怕怕」。一看之下，母親的下半身變得纖細又脆弱，動輒必須靠父親伸手攙扶，否則無法隨意行動。下樓梯時更花時間。

「下次大家一起吃飯時，我會把飯菜端到爸爸你們那邊。」

「能這樣是最好。」

跟著必須先走到門外才能回自宅的爸媽，乃理也走進隔壁的玄關。父親驀然露出不可思議的神情。

「怎麼，妳還有事？」

「不是，我只是想如果你們這邊缺什麼，我明天可以立刻準備。雖然寢具都備妥了，但不知道你們滿不滿意。」

旅途勞頓、又喝了啤酒，令父親的表情鬆弛。乃理接著又說，既然累了那明天再說。他對乃理點點頭。眨動著年老變得混濁的眼白，說：

「如果有缺什麼，我和妳媽自己會想辦法。對我來說這裡純粹是渡假別墅。是我萬一有個三長兩短時，可以把妳媽交給妳的一種保險。我們並不是現在就要靠妳照顧，所以妳用不著太在意我們。」

善意和謊言都被不留情面地削落，所以他是個和八面玲瓏無緣的男人。簡短道晚安後，她走出玄關。門內喀嚓響起上鎖的聲音。乃理有備用鑰匙，因此那聲音聽來並未特別冰冷。

無意間降臨的秋夜寂靜，流過依依不捨的蟲鳴。回到二樓的客廳，阿徹在洗澡，餐桌依然保持散會時的一片狼籍。每個人碟子裡剩下的菜，是乃理最費工夫做的馬鈴薯沙拉。剛才忙著照顧父母和夾菜給大家，自己都沒時間好好吃東西。怎麼會剩這麼多呢？她試著夾起一筷子。外表看起來一如往常的馬鈴薯沙拉，味道甜得要命。這種甜點似的沙拉只有母親愛吃。父親做菜極端限制她吃甜食，難怪今天的沙拉她吃得特別開心，乃理不禁垮下雙肩。

勉強吃馬鈴薯沙拉之際，她發現父親之前坐的位子放了兩罐啤酒。她伸出手，拿起一罐搖晃，是空的。她悄悄朝第二罐伸手。這罐還剩一半。

她拿面紙迅速擦拭罐口，把啤酒倒進喉嚨深處。可以清楚感到某種東西從身體內逐漸鬆脫。乃理喝完父親剩下的啤酒，終於發現自己在緊張。她把剩菜裝進盒子放入冰箱。剩下的沙拉，只要拿來包火腿或夾麵包就能解決。

洗碗之際，乃理的身旁一直放著新開的啤酒罐。擦乾盤子和杯子收進餐具櫃時就喝一口。洗完澡出來的阿徹，似乎沒發現水槽旁的三罐啤酒之中有一罐半是乃理喝的。

隔天，她去打工前先按隔壁的門鈴。她按照以前每天打電話的時間來確認父母是否安好。這是每日例行功課的延長。父親立刻出來了。

「早，昨天睡得好嗎？媽媽情況怎樣？如果要買什麼就跟我說。」

父親說聲「不好意思」，讓她進玄關。他說母親剛剛總算睡著了。

「環境改變，她的腦子似乎有點反應不過來。每隔一小時就要問一次『這裡是哪裡』，搞得我也睡眠不足。」

「得讓媽媽早點記住。週末我們一起去澡堂吧。暫時就抱著旅行的心態享受一下。」

一樓有恰到好處的日照，家中很明亮。太陽從鄰家的建築縫隙照進來。有些事情要人和傢俱搬進來後才知道。看來應該比想像中更適合居住吧。

「啊，感覺不錯耶。地毯也選淺色果然是正確的。冰箱照你說的只放了一餐的食材，但真的只要西生菜和雞蛋、豆腐、番茄就夠了嗎？」

「夠了。在札幌過夜時，早餐是西式自助餐，我光是為了阻止她什麼都想拿就累個半死。」

睡得再晚也必然早起的父親，搓揉凹陷的眼睛，一邊問：

「妳現在要去工作？」

「只有午餐時段。現在通勤時間加倍，所以我想趁天氣變冷前在這附近另找打工機會。」

母親就在門後的臥室睡覺。她說差不多該走了，接著走出玄關。秋陽中有冷風吹過。雖說要另找打工，但她並未積極尋找。過去付的房租，就算加上阿徹工作單位的房屋津貼也超過乃理的打工薪資。不能成為一家的負擔，又要為貼補家計而奮鬥的每一天，此刻從乃理的雙肩飄至空中。

如果今後能夠就這樣靠阿徹一人的薪水應付開銷，供孩子們上學同時又能照顧父母的話——乃理感覺自己這些年的生存意義就在那裡。

她每天回來的路上，都會去超市買罐裝酒。邊走邊喝，即使通勤時間加倍，心情卻變得很愉快。察覺罐子明晃晃地給人看見會很沒面子後，她就放進寶特瓶用的套子。到家時已身輕如燕，毫無煩心之事。畢竟，回家後也要慢條斯理應付家人的對話，將各種要求偷偷地巧妙擊破。這個足以原諒任何人任性的寬大胸懷，在超市和超商通常是以百圓左右的價格出售。曾幾何時，已在冰箱內堂堂正正與罐裝啤酒放在一起。「等住在隔壁的父親過來時，用來招待他」這個現成的理由也一起被冰透。若是以前，大概類似冰箱上隨時放滿雞蛋的那種心靈富足感。

孩子們放學回來會先去隔壁，看了外公外婆後再進家門。她吩咐過孩子，為了讓外公外婆的生活熱鬧又愉快，要盡量這麼做。彼此住得這麼近，至少不能讓年邁的雙親感到寂寞。阿徹的生活也一如往常。每天跑步通勤，優酪乳的牌子，笑容和說話，一切的一切都沒變。

每隔兩天或三天，她會做一次以豆腐和蔬菜為主的晚餐，帶著孩子們，將食物端到隔壁和父母一起享用。父母被外孫們喊著「外公，外婆」纏著說話，心情似乎不壞。只要滿堂歡笑，一切就得到回報。準備晚餐時的好伴侶是罐裝啤酒或罐裝雞尾酒。從果汁似的柚子燒酒雞尾酒，現在已經變成酒精濃度較高的飲料。發現百分之九這個成分標示後，她立即買了那罐。最近就算喝完一罐都解不了喉嚨的渴，令她深感不可思議，但第二罐喝掉一半時，頭痛和肩膀痠痛皆已消失。

阿徹的晚餐依舊少不了優酪乳，但是不再買有品牌的優酪乳後省了不少錢。阿徹看到公然放在冰箱冰鎮的啤酒和雞尾酒，態度很輕鬆，頂多調侃兩句。

——給爸準備的酒，消耗得也太快了吧。

——我口渴的時候也會喝一點。

——酒好喝嗎？

——還好。大概就像你的優酪乳吧。

——妳是不是醉了？

——只是心情有點好，我又沒有喝到會醉的地步。

從來不會說出諷刺和擔心的丈夫，果然是哪個國度的幸福王子。那種溫柔，想必對隔壁鄰居，乃至再隔壁的鄰居全家，對職場的上司、同事、部下、客人也都是同樣態度吧。

——這樣也沒什麼不好，至少我充分感到愉快。我只要做個好妻子、好母親、好女兒，人生就已經完成了九成。

初雪飄落的十一月中旬，乃理辭去午餐的兼職工作。

今天下班後，約好了要帶母親去超級澡堂[8]。晚餐是電鍋炊飯，還有味噌湯和泡菜，所以不需要費事準備。因為要泡澡，這一天她沒喝酒就回家了。午餐時段結束立刻出現帶有傍晚氣息的天空，在蔚藍中隱約摻雜灰色，籠罩整個城市。

她把洗澡用具塞進環保袋後，按了隔壁的門鈴。父親說他們還在準備。

「我來幫忙吧。晚餐之前就得趕回來。況且還想在澡堂好好多待一會呢。」

父親莫名臭著臉讓女兒進門。至於乃理，比起心情好得古怪的父親，早已看慣臭臉的他，所以對於父親一貫的臭臉，反倒安心。

母親正在電視機前磨磨蹭蹭揉毛巾。一看到乃理就說「沒有浴巾」，露出非常困擾的神情。

「浴巾用我的就好。」

寢具毛巾類應該在預算內買了不少放在家裡，這是怎麼回事？她緩緩轉頭看父親。小時候見過的猙獰面孔正在俯視兩人。

8 超級澡堂，相較於傳統的公共澡堂，是附有用餐與休憩空間的大型時尚澡堂。

「從床上和浴室把浴巾全部找出來拿去洗的不就是妳嗎？」

昨天就說好要去澡堂，但母親似乎對浴巾和過去用的不一樣耿耿於懷，於是趁父親一不注意，全部扔進洗衣機了。

只會哭的母親太可憐，乃理竭盡全力把那縮水的身體抱進懷中。

「浴巾我家多得是。媽媽不用擔心。沒關係。走吧，我們一起去泡澡。我今天辭掉中午的兼職了，從明天開始可以隨時陪媽媽去想去的地方。」

搭計程車只需基本車資的距離，澡堂內有餐飲區也有按摩室，母親很興奮，父親似乎也身體輕快了一點。替母親鬆垮的身體和垂落樹枝似的手腳清洗時，乃理不禁有點眼眶泛淚。

泡完澡，父親替乃理和自己叫了生啤酒。母親則喝烏龍茶。

「對了，妳現在到底喝多少酒？」

才喝第一口，父親就低聲問。她窺視父親的眼睛，試圖理解父親在說什麼。就像小時候，在等待心情不好的父親會挑什麼毛病痛罵小孩的時候。

「什麼喝多少酒？」

「妳不是大白天就喝酒嗎?就算阿徹不喝酒,妳也不能放縱到那種地步吧。」

吃飯時不是可以慢慢喝酒的環境,因此在廚房時她會一口兩口地偷偷享受,但是應該沒有到足以被指責大白天就喝酒的地步。

讓乃理驚訝的是,向父親告密的竟然是小女兒。

「她每天放學回來到我們家,都會喊著『外婆、外婆』拿到零用錢才走喔。妳啊,應該好好檢查一下小孩的錢包裡到底有多少錢。」

這是她第一次聽說。就算告訴她,小孩不是找猛夫,而是找記憶已經模糊的里美討零用錢,她也沒有停止喝啤酒。

第一杯匆匆喝完,乃理起身去替自己買啤酒。母親在背後撒嬌喊「爸爸」。一瞬間,「那女的究竟是誰」的念頭貼近心頭掠過。

當晚,乃理向女兒求證父親說的是真是假。最近講話特別老氣橫秋的女兒,微噘著嘴抱怨對乃理的種種不滿。似乎也是在藉此試探能夠保護自己多少。

「就算回到家,馬麻也不理我,只會喝酒。既然如此,我還不如去找外婆咧。」

「妳咧什麼咧。妳回到家還不是立刻躲進自己的房間不出來。而且妳每次去都拿零用錢的事，為什麼沒有告訴馬麻？」

「我不是說了，是因為馬麻自己只顧著喝酒發呆，對我愛理不睬的。我明明就告訴過妳，我說有拿到零用錢。結果馬麻不是說聲『噢那很好啊』就繼續喝啤酒嗎？我每次去外婆都要給錢，我只是被動收下而已。」

有那回事嗎——

女兒是在自己編故事嗎？抑或是不想挨罵，於是誇大其詞把過錯都推到母親身上？她的懷疑轉向人小鬼大的女兒。

「我就算喝了啤酒，頂多也就那麼一、兩次吧。被妳說得好像我天天酗酒，妳這樣陷害別人，打算自己一個人扮演乖孩子？」

一臉忿忿不平的女兒不知從何時起竟然浮現成熟的從容，令乃理看不順眼。乃理不相信每天都被家人看到自己喝酒。她不當回事地想，應該只是一次被當成五次、十次計算而已吧，但對女兒的態度還是難掩煩躁。

「喂，妳倒是說話啊。」

女兒對她的怒吼頭也不回地關上自己房間的房門，那種冷漠的態度令她心慌意亂。但是乃理到現在還是對自己在家人面前公然喝啤酒這個指控不服氣。她用盡全力敲女兒的房門大吼：

「喂，妳給我識相一點！也不想想看妳是靠誰才有這個房間！」

敲門的拳頭始終不停。已經敲到小指頭的指根都發麻了，但女兒還是毫無反應。乃理最後狠狠踹門。本來是平面的三合板某處出現一個直徑五公分的圓形凹痕。雖然暗覺不妙，卻無法輕易回頭。身體源源不絕溢出的憤怒滴落地板，哀憐著乃理。

既然如此——乃理打開冰箱。電視和冰箱都是她趁著這次搬家掏出私藏家底買下的。每月一點一滴存下的私房錢徹底歸零，不也都是為了這個家嗎？

她取出一罐寫有DRY（爽口）的罐裝燒酒雞尾酒，一口氣幹掉半罐。從喉頭流入胃裡的，是憤怒。必須用這一罐，平息自己內心的憤怒。

或許是察覺母親的壞心情，當晚幾個孩子誰也沒催促晚餐。各自泡了一碗泡麵，悄悄躲回自己房間去了。憤怒應該已經平息，但每次三分鐘一到，泡麵的定時器響起，她就想著「死都不會再給這些小畜生準備三餐」，只有空罐繼續增加。淤積在內心最底層的種種鬱憤，似乎和公然飲酒特別搭，或許雙方都需要對方，彼此成了最好的依靠。

安靜的夜晚，響起乃理喉頭的咕嚕聲。空罐已增至六罐。晚間十點，阿徹回來了。

「今天喝了不少啊。怎麼了，發生什麼事？」

「就跟你說我沒喝多少。」

「那就好。拜託妳也注意一下身體。」

「今天是特別破例。這是我打工的最後一天。」

「噢，對喔。」

「對呀，所以我在慶祝。」

阿徹一如往常脫下跑步穿的運動衣去樓下沖澡了。

啊，這人真的是好人。

阿徹從來不對乃理說任何難聽的話。因為自己的母親死得早，所以非常重視乃理的父母。無論對內或對外總是保持沉穩的笑容，就人格而言無可挑剔——

乃理一鼓作氣站起來。雖然腳步有點踉蹌，但腦子格外清醒。

她等阿徹洗完澡從浴室一出來，就拽著他的手進臥室。阿徹被妻子不尋常的樣子嚇得腿軟。乃理一邊想著啊啊這張床也是用我的私房錢買的呢，一邊朝丈夫胸口一推，讓他在床邊坐下。

「阿徹，你真是個好人耶。」

愕然張口仰望乃理的那雙眼眸，即便在昏暗中仍舊率真地發亮。

「可是，為了永遠做好人，你連別人到底是什麼感受都沒注意過吧。」

「妳沒頭沒腦的這是怎麼了，馬麻？」

阿徹的聲音摻雜畏怯。乃理眼尖地找到丈夫的弱點。

「你每天跑步去上班，跑步回家，替你洗那身運動服的我，打理出一個環境讓你能夠安心去上班的我，在家中支撐大局好讓你可以一心對外扮演好人的我——這些東西，你其實通通覺得無關緊要對不對？」

「馬麻，妳喝多了。我不懂妳在說什麼。」

「既然不懂，就用你的腦子好好思考啊。」

她接著又憤然撂下一句「用你那塞滿美好玩意的腦子」。看著阿徹的表情逐漸僵硬，乃理很驚訝自己內心竟然有如此嗜虐的欲求。這個膽怯的男人就是自己一直尊敬有加的丈夫。這個男人現在居然被乃理的發飆嚇到了。

「你啊，根本不知道這十年來我為了家庭是怎麼鞠躬盡瘁付出一切。無論是在你為工作苦惱時，或是尋找新工作時，就連孩子生下後的家計開銷乃至養育孩子，你說的還不都是空洞的泛泛之談！如果光靠泛泛之談就能讓我們家一帆風順，那全世界都是美滿家庭了。為了打造出那種美滿家庭，這些年我有多努力你知道嗎！你不知道嗎！到底知道還是不知道，你給我老實說——」

乃理深吸一口氣，扯下丈夫剛穿上的四角內褲。在床上只剩一件短袖汗衫，下半身光溜溜的阿徹，似乎終於察覺妻子內心深處看似微小實則巨大的不滿。

「抱歉，拜託妳先冷靜一下。如果我有錯我願意道歉。」

她大馬金刀地站在床上，俯視膽怯的男人。或許是嚇得縮起，陰莖藏在毛髮中。沒想到會在這種局面下重逢。這個身體也曾有過擁抱乃理，彼此緊密相連的時光。為什麼會在這種時候龜縮？為什麼不肯再一次用那雙手碰觸我的身體？

乃理從阿徹的毛髮中找到那無助疲軟的東西。帶著剛洗過澡的濕氣，散發花香，明明不像是人體的一部分卻有體溫。她把它迎入口中。本以為早已忘記，舌頭卻靈巧地動了起來。在口中繼續培育那個轉眼之間漲大的阿徹之際，乃理自己的體內深處也點燃火苗。她急忙脫下彈性牛仔褲和內褲隨手一扔，覆上阿徹的身體。

短短數秒之間，阿徹的下半身已恢復原狀。

「搞什麼東西——你到底什麼意思！這到底算什麼！」

阿徹不顧乃理的怒吼，從乃理身下爬出來逕自穿上四角內褲。又費了一點時間才醒悟一切都已無法回到最初。

馬麻——阿徹的語氣變得前所未有的慈悲。

「我以為，馬麻已經徹底討厭這種事了。對抱著嬰兒的女人做這種事，我總覺得有點愧疚。況且有那種衝動時，我是個男人，所以怎樣都能自己解決。」

真的很抱歉——道歉絕不代表對這段關係想積極改善。無論是乃理的憤怒和欲望，基本上她向這個男人尋求的一切都已經失去了最後的城堡。

她就這樣光著下半身難堪地走進浴室。把脫下的牛仔褲扔進洗衣機。她曾經覺得沖個熱水澡是一種奢侈。每天在外工作的男人小小的奢侈，今晚自己也來享受一下吧。沖個熱水澡，在還能覺得好喝時暢飲美酒，不考慮明天或家庭，睡覺起床就這麼度過一天。

沖澡之前，乃理把胃裡的東西吐出來了。能不能就此把體內所有麻煩的東西也吐掉呢？拜託拜託！雖然看不見可以拜託的對象，她卻依舊這麼拜託。

浴室鏡中映現的裸體，肥厚的脂肪層層堆在腰上折疊成兩圈。每生一個孩子就增加一次體重，但這具身體不也蓄滿養小孩不可或缺的體力嗎？

如果不吃東西，就連替三個小孩洗衣服和料理三餐，都會累得什麼也做不到——

明知是阿徹的藉口，她還是忍不住咕噥。

女人想要那個時也多得是辦法自己解決——

如果說抱著嬰兒的女人就不是女人，那這身體究竟算什麼——

沒有慰勞也沒有憐惜，純粹只是作為欲望的對象，對自己而言竟然這麼難——

在阿徹眼中，已經看不見乃理是女人。如果硬要他把看不見的東西當做看見，他美麗的心靈就得蒙上某種陰影。他把看不見她是女人的理由替換成「我以為妳討厭」，於是他的那顆心就得到美麗的安身之處。太溫柔、太美麗，簡直感人熱淚。

阿徹在父親再婚時也和「大半已把父親當成外人」的本心取得妥協，一個人獨自活得清新高潔。在乃理看來那一半是偏執的潔癖，阿徹今後大概也不會想要和乃理以外的女人怎樣吧。如果真到了那種時候，他鐵定會一邊自我譴責一邊跪下請求原諒。一半是被我養大的男人，不可能做出隱瞞自己變心的卑鄙行為。

請求原諒？到底要對誰請求——

據說沖熱水澡其實無法讓身體核心溫暖。乃理當頭澆下熱水，同時想起健康雜誌上「入浴方法的錯誤」這篇報導。

進入十二月的函館，變成燈海閃爍的城市。帶著聲稱想去函館山看夜景的父母，在人潮中眺望自己住的城市。如果沒有燈光，那只是連輪廓都模糊的夜間地形。每一盞閃爍的燈光都有一份生活，想到那燈光暴露了所有感情就覺得憂鬱。

和阿徹的關係不冷不熱。如果要說本來就沒有那種體溫交流，那的確沒話好說，但是到底該怎麼做才能讓過去不會顯得「吃虧」呢？乃理的思考尋求替代品，奔向「孝順父母」。

從替母親找醫院開始，三天去一次超級澡堂，準備三餐，代替父親計算食物熱量，凡是對失智、高血壓和糖尿病有益的就立刻通知父母，努力嘗試。也徹底讓孩子與外公外婆交流，不讓年邁雙親寂寞，成了全家人的約定。

長子老老實實聽乃理的話。老二興致來時也會講講笑話什麼的。至於負責炒熱氣氛的小女兒，她也警告過女兒不准再討零用錢。後來她問女兒，拿到零用錢究竟想買什麼，女兒回答「電腦」。雖然決定每個月的零用錢增加五百圓，還是可以隱約看出女兒不情願的態度，母女關係今後顯然岌岌可危。乃理還是繼續喝酒，但是上次喝醉已受到教訓，現在勉強將就只喝酒精濃度低的酒類。反正那樣還是可以愉快地照顧父母，況且只要吃顆薄荷糖便可安心。

抓著展望台的欄杆，俯視街景，母親很高興。

「乃理，好漂亮喔。這麼美的夜景我第一次看到。」

「我應該早點帶媽媽來才對。媽媽以前就喜歡夜景對吧。」

「嗯，也喜歡水族館。也喜歡乃理喔。」

不再說人壞話的母親，像小孩一樣率真，兩眼閃閃發亮。昔日勤跑道場時的荒蕪眼神，已經不知扔去哪裡了。乃理自己，也想問里美究竟是追逐什麼活到今天。

長期以來，母親記憶最鮮明的，就是父親被別的女人勾了魂不回家的那段日子，身為女人最不甘心的那段時光。只要開口就是滿腔怨言的日子背後，就像人生的尾巴般拖曳不去的東西，她恐怕也沒想到有一天竟然會被自己遺忘吧。在里美內心逐漸褪色失去輪廓的記憶，彷彿有明確的「感興趣的度數」，不時會令人背上發涼。根據有無興趣逐漸淘汰的東西，里美自己也無法遏止。

「媽媽，在函館生活開心嗎？」

「嗯，爸爸和乃理都在，很有趣。」

只有父親俯瞰夜景時依然臭著臉。不過，只要想起昔日那段天天擔心爸媽何時離婚，家族何時四分五裂，怒吼聲和餐具在客廳飛來飛去的日子，現在已經是天堂。

說是天堂——就是有點太寂寞了。

「不冷嗎？山上還是比較冷吧。」

母親說要再看一會，乃理站在風口替母親擋風。發胖的身體原來也能這樣派上用場。她和阿徹，後來好像變得對話有點少，也被父母的事轉移了注意力。似乎是身體從內在努力讓自己覺得那些事已無關緊要。

就在母親著迷地看著夜景時，身後面無表情的父親說：

「等過完年，我就和妳媽一起回釧路。」

釧路，釧路……她在腦中重複半天，終於理解內容。

「過完年？那不就只剩一個月了嗎？為什麼？要把冷冰冰的房子暖熱得花不少時間喔。犯不著特地挑最冷的時期回去吧。」

不是說好了到時候要看著五稜郭的櫻花吃蒙古烤肉嗎？她覺得這樣很像小孩子耍賴，卻還是裝瘋賣傻死不鬆口。

「只是回去看看房子的狀況對吧。那爸爸回去的期間我會照顧媽媽。」

父親的表情僵硬。什麼夜景似乎壓根沒看在眼裡。

乃理想起小時候。父親每次露出這種表情時，一定是姊姊智代先挨揍。被父親一巴掌搧到客廳另一角也不哭的長女，雖然被父母嫌棄一點也不像個孩子，但到頭來父親還是把自己的技術交給了她。母親不可能覺得丈夫看重的女兒可愛。每次去道場的路上，不也總在說嗎？

——媽媽，不帶姊姊一起去沒關係嗎？

——她是爸爸的孩子所以不用帶她。乃理才是媽媽的孩子。

「不然我也跟你去釧路吧。反正還得做最後收拾，也要準備賣房子。」

「準備賣房子？」父親的語尾帶著訝異。

「釧路的房子，應該要賣吧？還有，收租的房子也得儘早處理掉。否則從這麼遠的地方很難管理吧。」

從父親的鼻子和嘴巴噴出的白煙，隨即消散。

「誰說要賣了！妳好像誤會了什麼。函館的房子是我如果先死了，妳媽要交給妳照顧才買的。」

「那就更應該賣掉了。待在這裡彼此也比較安心吧。爸爸，你會立刻回來吧？趕快把釧路的不動產賣掉，安心在這邊安頓下來吧。」

和她在夢中對著離家的母親哭著說「媽媽，不要丟下乃理」時一樣。不要把我一個人丟在那棟房子裡。

拜託帶我一起走——

不要從我身邊搶走媽媽——

父親的雙眸冰冷。完全沒有接收到乃理的請求。內心的巨石咕嚕一轉似地發生搖晃，刺痛降臨。

我得喝點什麼——她拼命用雙腳支撐搖搖欲墜的身體。到處都看不到酒類自動販賣機。

「那件事先不提，媽媽萬一感冒就糟了，還是先進去給她喝點熱飲吧。」

她握住里美的手，走向公共休息室。雖然地面有點高低落差，父親還是一個人快步走遠。在休息室找到空位子後立刻讓兩人坐下。

母親瞪著澄澈的眼睛喝端來的熱烏龍茶。桌上有兩杯生啤酒。父親沒有立刻拿起啤酒。乃理很想在泡沫消失前趕快喝掉。她倏然握住啤酒杯的把手，不看父親，一口氣灌下半杯。大廳流淌的輕音樂也一起從喉頭落入胃裡。終於鬆了一口氣後她四下張望，觀光客和情侶檔、帶小孩的年輕夫妻映入眼簾。她沒問父親為何非得現在回釧路，父親喝了一口啤酒後平靜地說，「或許我這輩子過得很荒唐。我也知道讓老婆和女兒都吃了很多不必要的苦。」

「所以——」接下來的話，乃理就像不關己事般聽著，否則根本不可能承受得住。

「妳在那房子喝酒的心情，我也不是不懂。照妳媽的說法，妳似乎和我的個性一樣。如果這種沒有勝過別人或一舉成功就無法安心的脾氣真的一模一樣，的確會受不了平凡無奇的日常生活。」

灌下啤酒的身體溢出眼淚。不能哭，現在不是哭的時候——越這麼想，眼淚就掉得越多。這些眼淚如果都是啤酒肯定會可笑得更想哭。父親臭著臉撂下的話，她已經一點都不害怕了。眼前有的，只是一個對某些事悔恨的普通老人。不知道他悔恨的是自己過去的生存方式，亦或是沒把女兒教好。

「爸爸，別再怪我了。我其實也很努力在保持平衡。我並沒有什麼不滿。只是——」

只是酒的滋味有點太美——她已語不成聲。

就此說完，就此離去——父親對乃理的辯解沒有任何回應。里美還是一樣笑咪咪地看著窗外夜景。不時咕噥「好漂亮啊」的她，將以丈夫和女兒都驚訝的速度，迅速遺忘這片景色。

——媽媽，請妳也快點忘記這樣的我。

視野中的夜景開始氤氳模糊，再也看不見父親和母親的臉。

第四章

紀和

夏天結束了，海上風平浪靜。

從名古屋開往苫小牧的輪船表演廳，只坐了一成客人。也許是因為晚餐有酒，到場的客人似乎都是為了緩解暈船症狀。

紀和的舞台裝是藍色薄紗上綴滿星星亮片的雞尾酒禮服，而觀眾則沒有穿著上的規定。

「接下來是最後一曲。『惡水上的大橋』。」

彈鋼琴的湯尼漆原介紹曲子，但聲音只是空虛地反彈回來。零星的掌聲後，漆原的鋼琴開始彈奏前奏。

紀和配合著在爵士樂酒吧演奏已有三十年、且始終堅持那套演奏方式的漆原，讓薩克斯風持續不斷的進入曲子。改編過的強烈演奏雖然讓人困惑，但開始表演一年後，她已經學會如何在不頂撞前輩的演奏下配合。一年一次和漆原的搭擋表演，今年已經是第三年。

紀和從音樂大學畢業後進入旅行社上班，但人際關係出了問題，半年不到就離職，又重新拿出薩克斯風開始演奏活動。在船上表演是她第一份專業樂手的工作。

雖說演奏得太有技巧會過於油滑並不好，但如果缺乏技巧，會連吃飯都有困難。能夠靠獨奏走遍全國的薩克斯風樂手寥寥無幾，這就是現實。

漆原的鋼琴開始加速。紀和也跟著加速。開始拖慢節拍時，她就跟著拖慢。個人風格如此強烈的鋼琴演奏，無論過去或未來恐怕都只有漆原。不管是伴奏或獨奏，他的鋼琴總是任性奔放。

九月颱風多，船上的表演工作往往被人敬而遠之，幸運碰上風平浪靜時，簡直要懷疑是自己的虔誠感動上天。聽說就是因為這時的天氣不穩定才會輪到漆原表演，不知道是真是假。被漆原找來搭擋的紀和，等於也是一樣。

在副歌段落一再拖慢或停頓的演奏曾經讓她深感羞愧，但那種時期也已經遠去。總之只要演奏現場想聽的音樂就對了。沒人想聽的演奏只是雜音，況且自己也不是基於興趣而演奏。

三年來她以札幌為據點四處演奏，說來好聽，但光靠飯店大廳及表演活動的背景音樂、加入三重奏的演出，收入並不穩定。雖然已經過了二十五歲，和母親相依為命的生活始終沒有結束的跡象。

育兒期一直在家當家庭主婦的母親，在紀和上國中的同時決定離婚，再次握起方向盤當計程車司機。紀和是在自己歷經三次短暫的戀愛後，才隱約能夠理解「為了彼此好」這個離婚理由。

今年夏天，母親把變得顯眼的白髮染成美麗的棕色，聲稱「我也差不多該找個新對象了」，令紀和大吃一驚。母親離婚早已超過十年。或許早有新對象。

紀和決定如果母親交了男友，就搬出來獨自生活。然而，以目前的收入來看，根本做不到。每個月見父親時拿到的零用錢，也花在治裝費和交通費上，一直沒存下什麼錢。

紀和當初學樂器是父親建議的，因為他喜歡肯尼吉——那是肯給願意學薩克斯風的國中生女兒買一支要價五十萬樂器的男人，暗藏高度歉意的薩克斯風，讓她無話可說。

——紀和如果能吹奏爸爸喜歡的曲子，這筆錢便宜得很。第一次用的樂器還是該選好一點的。爸爸在農家長大，小時候沒錢買樂器，所以紀和就替爸爸實現這個夢想吧。

——知道了。爸爸想聽什麼曲子？

十幾歲出頭，正是和父親的關係產生彆扭也不奇怪的時期，父親因為離婚，對放棄撫養權的獨生女加倍溫柔。紀和是在分開生活後又過了一陣子才知道，父親當初經常出差，其實並不只是為了工作。

不可思議的是，就算父親一再說出拙劣謊言甚至不再回家，母親始終沒有大吵大鬧。那種安靜到底算什麼，她到現在都搞不清楚。只是不住在一個屋簷下而已，每個月見面的父親慈愛一如往常，母親也一樣。

父親說希望她將來吹給他聽的曲子就是「惡水上的大橋」，她是此刻開始吹奏後才想起來。

父親會希望聽到這種沉鬱的吹奏方式嗎？紀和想到這裡不知不覺湧現笑意。

這個月父女倆預定在她下船後腳底不再搖晃時見面。都已經二十五、六歲了，若說拿父親給的錢毫無抗拒那是騙人的。但是聽到父親說「想到是父親或許會生氣，那就把我當成親戚叔叔或哥哥就好」，她就沒輒了。在父親面前，無論是她交往的男人、分手的經過、職業生涯規劃都能說。正因為有這樣的父親，她的戀愛總是無法長久。不可否認她的確被父親養成沒有主見的女兒，事到如今也無法怪任何人。

一再拖慢的副歌吹完時，紀和的視野餘光有人在動。是坐在最前排的那對老夫婦，丈夫弓著腰走近舞台邊緣，放下折成小小的面紙。

是小費——

紀和等鋼琴演奏完後，一邊留意裙擺一邊將白色紙包收進掌心。八十歲左右的老夫婦還在鼓掌。

她也已學會如何不看似卑微地鞠躬行禮。微微一笑後，妻子迅速接近舞台。對著困惑的紀和，高舉右手要求握手。她左手按住掛在身上的樂器，彎下腰握住老太太的手。

回到座位的老太太像小孩一樣兩眼發亮地給丈夫看右手。

湯尼漆原沒問紀和就決定追加安可曲。曲目是「津輕海峽冬景色」和「My heart will go on」。第一首和航行第二晚將經過的津輕海峽有關，第二首是電影

《鐵達尼號》的主題曲。

乘船第一天的演出，就演奏沉船的電影音樂真的好嗎？

神經大條的漆原用一句「反正那是賣座電影，有什麼關係」就打發她，紀和沒有反對漆原的選曲，重新拿起薩克斯風。本已準備離去的觀眾，也重新在位子上坐好。漆原得意一笑，彷彿在說妳看吧，但她毫無反應。

表演結束，她站在門前目送十名觀眾離去。雖然想著不要去數人頭，結果還是會數，真是不可思議。

剛才給小費的老夫婦，是最後離開的觀眾。

「這是我們第一次搭船，沒想到能聽到這麼精彩的演奏。謝謝。」

老人握著腳步不穩的妻子一隻手，深深鞠躬。她回答：

「不敢當，能得二位熱心傾聽，深感榮幸。」

老人感慨萬千地用尊敬的語氣說，「您是音樂大學畢業的吧。」

宣傳單上有寫，所以她回答「是的」。付了高額學費才換來薩克斯風樂手的頭銜，結果薪資卻少得可憐——這種話她說不出口。往返名古屋的船上工作，雖然房間狹小但有地方睡覺有飯可吃，待遇本身絕對不差。

雖然大家都說不可能靠音樂糊口，但是如今去從事和音樂毫無關係的工作只會感到痛苦。與其為職場的人際關係汲汲營營，還不如配合湯尼漆原油膩的鋼琴演奏。收入跟不上，是因為沒有大力自我推銷和想法太天真嗎？

若是免門票的紅包場也就算了，在船上表演廳地板高出一截的地方演奏，還能收到小費，倒是很稀奇。紀和鄭重道謝，也回應對方的握手。一看就知道夫婦倆都很喜歡音樂。被丈夫拉著手正笑嘻嘻凝視丈夫的老太太，看他喜歡似乎也跟著高興。

「明天也能在這個會場聽演奏嗎？」

聽到老人這麼問，「是的，明天從八點半開始。」她回答。

「白天的話，午餐過後，下午茶時段有迷你音樂會。會在午餐會場為各位演奏幾曲，如果有空歡迎來聽。」

老夫婦相視一笑。能夠有這樣的邂逅，船上的工作或許也不壞。目送所有觀眾離去後，湯尼漆原把右手掌心向上，伸向紀和的胸前。她反射性地後退。

「那個拿來。」

「你說哪個？」

「小費啊，剛才的小費。演奏者有兩人，小費當然要對分。」

帶著酒臭的呼吸混雜體溫飄來。她不情願地從晚禮服胸口取出摺疊的面紙，立刻被對方一把抽走。紙包裡有一張摺成四折的萬圓大鈔。她不甘心地想像這樣好歹也能拿到五千。

漆原從屁股口袋掏出四角的皮革已磨得破破爛爛的皮夾，從中一張一張數出千圓鈔票抽出。

「啊，抱歉。」

他說手上的千圓鈔票只有四張。雖然他說晚點再給，她還是無法釋然。或許是小聲嘆氣被發現了，漆原嘻嘻笑著，「大小姐，妳的心情全寫在臉上，不適合當演奏者喔。什麼音大的特優獎學生我是不曉得啦，但是現場演奏是另一回事。我看妳下了船還是趕緊另找工作比較好。」

說她的演奏風格毫無亮點或平凡無奇自不待言，就連音樂以外的部分也經常被人在背後議論到聽都聽膩的地步，例如單眼皮的眼睛很陰暗、從來沒輪到介紹曲目或成員、根本不適合舞台表演云云。不管對方是誰，這樣當面批評，反而不會不甘心，還覺得痛快。

目送八成會把小費換成今晚酒錢的漆原背影，紀和無力回嘴，就這麼回到沒有窗子的房間。

演奏後遲來的自助餐，吃的是和乘客一樣的東西。只要不喝酒，酬勞就可以全部保留下來。也可以盡情泡澡，若是喜歡搭船的人應該很開心。這是不暈船才能得到的報酬。她感謝父母給她這樣的天生體質。

紀和有時會思考自己在父母歷史中留下的東西。是「家族」瓦解後「不幸剩下的」還是「特意留下的」呢——是回憶，還是包袱呢？在父母之間不管怎樣都會存在的「過去」，就是紀和。

她翻看出海前收到的訊息。未讀的訊息中有父親傳來的。紀和沒有立刻點開訊息，而是先保養樂器。

從薩克斯風本體拆下頸管和吹嘴，簧片也取下，逐一用除菌紙巾擦拭再擦乾水分。吸乾零件的水氣，乾燥後再放回盒子。

這是音大入學時，父親買來當賀禮的 Selmer。學費是這對離婚夫婦各出一半，高達百萬的薩克斯風要用一輩子。父親為了買這支薩克斯風給女兒，想必也勒緊皮帶大出血吧，這是她自己開始工作後才想到的。以紀和的收入，不知道多少年後才還得起。大學時代父親來聽過她的演奏會，但她成為職業樂手後的演奏父親沒有聽過。不過，她也不忍心用這支樂器配合油滑的鋼琴演奏「惡水上的大橋」給父親聽。

她把晚禮服掛到衣架上，換上牛仔褲和襯衫。

自助餐廳內只有七、八名客人，紀和也把晚餐的剩菜放到盤子上，選了角落的位子。已過了最後點菜的時刻，看大家都是一個人坐在角落，大概都是船上的工作人員。每個人都低著頭攝取深夜的食物。

任由腳下響起的引擎震動與緩緩上下飄動的船身推擠，紀和默默吃冷掉的炸雞，馬鈴薯沙拉，蔬菜湯，千層麵。填飽肚子後，她去了大廳。一手拿著外帶的咖啡，在大廳的長椅坐下。剛才那對老夫婦從通往甲板的出入口進來了。「啊，您好。」互相點頭致意後，妻子在紀和的身旁坐下。

「能夠用樂器演奏喜歡的曲子，一定很快樂吧。」

「對，是啊。」

「妳從小就學樂器？」

「上國中開始的。我父親喜歡薩克斯風，所以就——」

「令尊也是音樂家？」

「不，他是上班族。」

好像答得太誠實了？她閉上嘴，這時老人拉起妻子的手。

「老婆，不能這樣一直問問題喔。人家會很困擾。」

感覺就像在諄諄教誨幼童。她吃驚地看著老太太。不掩好奇的閃亮眼眸中，映現紀和的身影。毫無顧忌的眼眸，就像小女孩。

「不好意思。」老人垂下眼。

「這兩三年她徹底變成這樣。每天都是這樣子。最傷腦筋的就是她老是吵著沒吃飯。年輕時聽到小孩喊肚子餓就難過，但到了這把年紀，明明都有給她吃東西，沒想到卻還得天天被她這樣說。」
話才說完，妻子又在嘀咕「肚子餓」。
「晚飯吃過了，老婆。妳又忘了嗎？」
「吃過了？真的？」
「嗯，吃過了。已經很晚了，我們回房間吧。」
「我還沒看海。」
「看過了。就是因為太冷了才剛回來，然後就遇到這位小姐。」
她看著丈夫像耐心哄小孩般安撫妻子。在只有小貓兩三隻的觀眾席專心聽演奏的老夫婦，和時光另一頭的自家父母重疊。紀和感到彷彿在眺望父母放棄的未來，或者說，是自己未能得到的家族，她只能微笑以對。
「妳是剛才演奏樂器的人吧？」
老太太的思緒轉了一圈又回到紀和身上。一旁的老人微微低頭致歉。紀和對兩人說「請等一下」，去自助餐台的外帶用飲料吧裝了兩杯熱紅茶回來。
她把杯子遞給並肩依偎在大廳長椅上的老夫婦。

「今晚海上也風平浪靜，真是太好了。」

可以感到老人鬆了一口氣。她試著揣想他無時無刻都得監視般盯著妻子的狀況，該有多麼勞心傷神，卻無法具體想像。即便如此，比起兩人獨處，這樣有誰夾在中間時，至少他可以稍微放鬆一下心神吧。

「兩位是從名古屋出來旅行嗎？」

「不，我們是要回北海道。」

二位說是從釧路出來，現在是回程。

紀和對於老人自己開車從道東至苫小牧先吃了一驚，八十二歲這個年齡令她有點不安。他主動挑明「會擔心也是當然的」，笑著說如果把周遭的意見照單全收，生活等於跟死掉沒兩樣。

「判斷力的確會變得有點遲鈍。我自己也有這種自覺。不過，只要慢慢開就沒問題。急著趕路的車子只好請他超車。」

況且──他甩開有點欲言又止的神情繼續說。

「待在家裡，彼此整天都只在意食物這件事。糖尿病人不能吃高熱量的東西。可是，一個連自己吃過飯都忘記的人，和我這個刻意不讓她吃的人，誰都不算有錯，這才是最痛苦的。只有讓她坐在副駕駛座時好像才能轉換注意力。是不是因為眼睛接收到的資訊太多這我不曉得，總之她會一直看著風景。當我察覺到這一點時，真的只有滿心感激。不管周遭的人怎麼說，我都決定不放棄開車。」

他說這次整個行程是離開釧路後，先在帶廣住一晚，然後從苫小牧搭船，在名古屋住一晚再回北海道。開車期間的緊張和照顧妻子的辛勞，真令人擔心這個老人是否會體力不支倒下。也許是看出紀和的擔心，他露出沉穩的笑容說「中間我會休息」。

「承蒙二位在表演廳那麼熱情聽演奏，我真的很開心。我所做的，就類似車窗外不斷流過的風景。光是願意停下來聽一會，我的演奏就有意義了。」

要成為一個讓人願意特地前來的演奏家，還得再向前一步又一步。技術上應該沒有太大錯誤的這種想法，正是陷阱所在——告訴她這句話的，是漆原。

自己是否樂在其中很重要，妳呢？被這麼一問，她卻無法自信十足地點頭。

就業後本該和母親分開獨自生活，但上班族的生活沒持續多久就變成光靠一支薩克斯風和社會保持聯繫，母女分開生活的計畫也就此不了了之。

「一直都在船上演奏嗎？」老人問她。

「平時在酒吧演奏，也會被叫去飯店大廳做音樂表演或是參加活動。要靠薩克斯風維生——」

她本想說很吃力，想想又作罷。現在不是發那種牢騷的時候。老人也沒有針對樂手的生活深入追問。

「做自己喜歡的工作，想必也有很多辛苦之處，不過加減之後如果扯平就該感恩了。」

「加減之後會扯平嗎？」紀和問老人。

「有時『自己甘願做歡喜受』的認命也會幫襯一把。」

原來如此——她一邊附和，心裡卻還是有點無法接受。老人關注著緊挨他坐的妻子，對自己說的話似乎很滿足，露出有點恍惚的眼神。

船身輕微上揚。隨即又因外海的漩渦下沉，紀和對他說聲「恕我冒昧」，問起他的職業。

老人的神情有點遲疑，但應該不是排斥這個問題，他難為情地表示「原本是理髮師」。

「我和我內人，都是國中畢業就立刻去做學徒的理髮師。糟糕的是自己沒有學問偏偏好勝心又特別強，一心只想要贏過別人。在理髮師的世界也有技術競爭，為了一年一度的全國大賽，對自己手藝有自信的人都會來較量。」

他說到這裡稍微打住。坐在旁邊的妻子，愉快地邊點頭邊聽丈夫說話。

「壞就壞在我第一次參加就連戰皆捷打進了全國大賽。」

一聽之下，二十出頭的小鎮理髮師竟然能晉級全國大賽，令小鎮和業界都聞之色變。青年很得意，決定提早自立門戶。迎娶比他小兩歲，在鎮上風評也不錯的同行為妻時，就連周遭的嫉妒都讓他痛快。

「從此，每年一到快要比賽時我就格外亢奮。就連兩個女兒出生時，我也只看頭髮。只把家族當成實驗台。甚至因為等不及女兒的頭髮長長而苦惱。當然也無心做生意，所以讓妻子吃了不少苦。」

然而他只有第一次參加時得以晉級全國大賽。從隔年起，札幌的理髮師奮發向上佔據了前幾名。他雖然在道東拿到冠軍獎盃，在北海道全道大賽卻接連被擠出晉級全國大賽的資格。

「這樣持續十年後，年輕人紛紛出頭。我真的很不甘心。因為我能夠贏別人的只有這一項。周遭的人都勸我應該轉向幕後指導，但我就是不肯放棄。最後在長女國中畢業的同時，我把她送去當理髮店的學徒。我是認真想讓女兒替我報仇。」

真傻——彷彿能看見生活都被他的人生綁住的妻子和女兒。

「放棄競賽後，我一心想著無論如何都要做點能贏過別人的大事。我心想乾脆做誰都做不到的買賣好了。」

他涉及的，是開發度假村。他說和女兒一起在度假村開美容中心成了他的夢想。

「過去明明對做生意毫不關心，我卻一出手就是開發度假村。結果正如妳所想像。」

所以妻子的失智症逐漸惡化也如妳所見，沒臉依賴兩個女兒。他笑著這麼說的樣子，有種和內容相反的爽朗。他說出來旅行也是為了看能夠讓妻子症狀穩定的「會動的風景」。

「她現在變成這樣，已經和小孩一樣了。好像什麼都覺得有趣，看什麼都開心。就算她大小便失禁被我罵，過一會她自己就立刻忘了，也不知道該慶幸還是該悲哀。」

話題說到現在頓時變得沉鬱。老人似乎也反省自己有點太多話，說聲「對不起」向她一鞠躬。

「不該和一個萍水相逢，年紀可以當孫女的小姐講這種話題。」

紀和目送邊道歉邊朝房間走去的二人。老人的身影，很像紀和那個不到二十歲就有小孩的同學。當時同學抱著只要一鬆手就不知道會跑去哪裡的幼兒說，「這樣就算聊天也靜不下心，還是等小鬼頭上了幼稚園再見面吧。」從此再也沒聯絡。

小孩會長大，但老去的妻子會怎樣呢？不斷惡化的症狀，逐年增加的年齡——那個老人是如何度過不安的每一天，她無法想像。

紀和再次見到老夫婦，是在翌日的午餐會場。她負責在不影響客人用餐的情況下，演奏五首電影配樂。有些乘客會看她演奏，也有些桌子的乘客繼續聊他們自己的。和晚間的舞台不同，紀和的服裝也是寬鬆白襯衫搭配翡翠綠的長裙。

因為光線明亮，比昨晚更能看清乘客的臉孔。其中有退休後享受開車出遊的年長夫婦；一手拿著啤酒發呆的年輕旅行者；也有享受遲來的暑假，剛泡完澡的騎士們。

開始演奏時，換位子坐到前排的兩組客人之一，就是昨晚那對老夫婦。

她只是作為背景音樂悄悄來悄悄去，因此沒有介紹曲子就直接開始演奏。曲目是《羅密歐與茱麗葉》、《陽光普照》、《新天堂樂園》、《生死戀》的電影配樂。

演奏到第四首時，她瞄到老太太的肩膀開始不規律地搖晃。老人伸手撫摸妻子的背部。老太太之前一直像小孩充滿好奇心的眼睛此刻充滿淚水，不斷奪眶而出。紀和保持演奏的節奏，悄悄將目光從老夫婦移開。

演奏完《週五電影院》這個電視節目最早的主題曲「Friday Night Fantasy」時，她深深一鞠躬。在零星掌聲的歡送下離開會場。

回到房間邊保養樂器邊浮現腦海的，是老太太的眼淚。對於電影配樂，人人各有不同的記憶。正因為清楚知道自己的演奏並不足以令人感動落淚，她不禁陷入某種複雜的思緒。不影響客人用餐和對話的薩克斯風演奏，雖然稱職，但也僅此而已。

驀然間，她想到現在去的話對方或許還在附近，急忙走出房間。穿過大廳，來到船頭的甲板。彷彿滑入大海中的景色，瞬間令她頭暈眼花。她對著那種耀眼閉上眼，之後緩緩睜開。

兩人就坐在往船頭那個方向的甲板長椅上。紀和一走近，老人就發現了她，微微舉起一隻手打招呼。見對方回以親切的笑容，她鬆了一口氣，主動出聲：「兩位好。天氣晴朗真好。碰上天氣不好時真的很慘。這樣風平浪靜，我也好工作。夏天有大型颱風，聽說經常停駛。」

老人接話說，「那我們幸好趕上好時候出來旅行。」被引擎聲和海風蓋過，聲音有點聽不清楚。雙方都不知不覺扯高嗓門。

母親說每天開車和陌生乘客說話也不以為苦。紀和經常覺得，彼此的大腦構造肯定不同。即便回顧當初不得不和他人溝通，而深覺痛苦的短暫上班族生活，她主動找人講話的次數也屈指可數。和湯尼漆原搭檔工作時雖然彼此的音樂和對話格格不入，但是至少除了演奏什麼都不用做。

紀和在長椅邊上坐下。一隻海鷗掠過甲板附近。彷彿被鳥的羽毛誘惑，老太太站起來抓著欄杆，老人緊盯著妻子，幽幽開口說道，「剛才讓妳見笑了。她會因為那首曲子掉眼淚，我想大概是懷念吧。想到她還記得年輕時的事情，就忽然有點悲哀。」

「那部電影是二位一起去看的嗎？」

他靦腆點頭，眼中也有些許水光。紀和覺得或許看到不該看的，連忙垂落眼簾。

「我們剛交往時還很窮，我買了中古摩托車，一起去看當時的二輪舊片。做學徒時光是學手藝就累得半死，根本沒空關注電影。關於那時的電影，她好像比我先想起來。」

從老太太的服裝感覺不出曾有過的貧窮時代，是質料高級的長褲套裝。衣服和鞋子都不是便宜貨。

「那是很符合最後一次旅行的曲子。」

老人不經意說出的這句話，她沒問是什麼意思。沉默中，他的自言自語隨風散去。

「女兒們都叫我繳回駕照別開車了。想當年我還不到二十歲就開始騎中古摩托車，但等這趟旅行結束，車子也得脫手了。沒想到自己竟然會有這一天。以前因為欠債，車子好幾次都被人拿走了，但駕照倒是沒被收走。」

「能夠開車搭渡輪到名古屋旅行，我很羨慕兩位精神這麼好呢。」

哪裡——老人揮動一隻手做出想抓腦袋的動作。

「我並沒有在名古屋的街上開車。在北海道還好，不過那也大概是因為都是少有對向來車的筆直道路吧。因為不甘心，所以我都沒告訴女兒，老實說，我現在有點害怕陌生的城市。我很後悔更年輕時為什麼沒有去旅行。」

只有吐露這次旅行是瞞著兩個女兒時，老人的臉上才重現笑意。

實際上八十二歲這個年齡在體力方面有多大的衰退，觀諸周遭眾人也有個人差異，她其實不大清楚。換言之，她只能做出因人而異這個含糊結論。做出繳回駕照的決斷，最後一次出門旅行的老夫婦，他們的今後，和老太太逐漸喪失的記憶，在紀和的內心始終無法取得平衡。甚至有種是海鷗在啄食她的記憶的錯覺。但不可思議地竟然不覺得悲哀。

「今晚也會在表演廳演奏吧？」

「對，和昨晚的曲目不同，希望二位會喜歡。」

老人的視線在抓著欄杆的妻子背部游移，問她能不能點一首歌。她先聲明，必須和鋼琴手商量而且自己也會那首曲子的話就沒問題，然後才問是哪一首。

「是奧黛麗．赫本的電影，就是那個片子一開頭是在珠寶店前吃麵包的電影，叫什麼來著的——」

流行音樂她多半都記得。雖然電影沒看過的還有很多，不過只要說到吃麵包的那一幕和女演員的名字，就能想起片名。

「是『第凡內早餐』，對嗎？」

對的對的，老人一再重複，非常高興，紀和這下也安心了。

「如果是那部片子，配樂應該是『月河』。我會演奏，您放心。」

他看起來非常高興，因此紀和尚未徵詢漆原的意思，就忍不住一口答應了。當她懷疑自己是否答應得太輕率時，他的視線已經轉向妻子，話題又回到他貌似懺悔的往事。

「我內人一直想嘗試的好像是社交舞。我對那種東西完全不在行。也不理解，就算她現在變成這樣，我還是無法忍受自己的老婆和別的男人牽手跳舞。我們的家境稍有好轉時，大概都已經過了四十歲了吧，她或許覺得一輩子就這麼一次，假裝出去買菜，偷偷跑去舞蹈教室上課，車上音響的卡匣每次都放著那首曲子的錄音帶。」

紀和覺得這是個溫馨的故事一邊點頭，但老人接著說的話狠狠給了她一拳。

「我也會小賭，所以從內人的錢包偷錢是家常便飯。她大概也是粗心大意，舞鞋就直接放在手提包裡。」

不知道是否聽到了舞鞋這個字眼，老太太轉過頭來。對著丈夫微笑說「爸爸，天氣真好」後又再次望向大海。

「我再三警告之下，她居然還敢去社交舞教室上課——」

他坦承那時把妻子的臉打到變形。

雖然被打得口鼻流血，妻子望著他的眼神還是令他難以忍受——對於老人的告白，紀和不懂為何現在提起那個，她無法控制自己的表情一沉，不由得垂眼。老人用著和內容完全不搭的開朗語氣繼續說。

「我以為被我這樣教訓後，她應該哪都不敢去了。就算對老婆、孩子拳打腳踢，在那個時代也只會覺得那個男人就是這種人。附近鄰居在我漲紅了臉打老婆時也未置一詞。兩個女兒知道，如果他們來勸阻只會一起挨揍，所以拼命喊附近的大人來。可是，誰也沒來。一旦動了手，就算想停止也停不下來。某部分可以冷靜地想像自己正在動粗的模樣，但是不可思議的是現實中正在打人的手——它就是停不下來。」

隔了足以感覺到海風寒冷的漫長時間後，他冷不防脫口而出。

「最近，我有時會打老婆。對於她的轉眼就忘，我已經分不清那到底是救贖還是懲罰。很奇怪吧。挨打的人都已經忘了，打人的人卻不得不記住。好像世界顛倒，這種感覺還挺不舒服的。」

啞口無言，大概就是指這種情形吧。她這麼想著，悄然將視線移向老太太的背影。結束漫長懺悔的老人，似乎遲鈍地沒發覺自己已經把某些包袱轉移到紀和身上。

「今晚的演奏，我很期待。」

和聲稱要去船尾看海浪拖著長尾巴的景色後再回房的他們道別，紀和去販賣部買了寶特瓶裝紅茶回到房間。廣播通知將會按照預定行程在下午四點四十分抵達仙台港。船身周遭有海鷗飛來飛去，也是因為陸地已近。

她操作電腦找出樂譜。這首曲子就算沒有樂譜也能演奏。漆原想必也演奏過很多次，並非高難度選曲。問題只在於他和風平浪靜相距甚遠的自尊心。雖然彼此都一樣彆扭，但由於年齡和關係都無法平等對話，所以才麻煩。

沒辦法，只好拿昨天的小費來擺平。漆原還欠一千圓沒給。紀和決定用那筆錢讓他收起自尊心。

傍晚，事前討論時紀和說明原委，漆原用看待珍禽異獸的眼光盯著她。

「沒想到會從妳口中聽到這種充滿慈愛的話。」

「對不起，基於私人感情對你提出這種請求。」

「不，這種經驗很重要。這一行幹久了，這種經驗會多得不能再多。有些日子甚至是靠著反芻那多到不能再多的記憶上台表演。那是任性妄為的傢伙小小的存款。我認為是好事。」

動輒用這種刺耳的說話方式是他的癖好。紀和忍住發飆的衝動，盡量不把矛頭針對漆原，一邊鞠躬說道：

「該在哪加入那首曲子，由你決定。」

「包在我身上，我也不排斥這種事。要演奏得感人熱淚，實際上簡單得很。」

漆原對紀和說的故事很感興趣，重新安排了當天的選曲。曲目一字排開，都是有點悲傷的電影配樂。漆原笑著說，只要能讓觀眾在悲傷之中得到些許「滿足」，要激起觀眾的「共鳴」非常容易。

「音樂其實就是記憶。沒聽過的曲子會成為今後的記憶，曾經在哪聽過的曲子會勾起記憶。從無數感情中浮現每一段記憶時都有旋律不斷覆蓋再覆蓋，這樣疊加到最後，人類基本上就算不情願也會哭出來。」

漆原說，所以我們根本不需要什麼「感情」。但紀和覺得也不能這麼武斷吧——會這麼想不知道是因為她的經驗太少，抑或是她多少還對人抱有期待？

總之不管怎樣，今晚的演奏能夠給那對老夫婦的旅行留下更美好的回憶就好。不管有沒有誰在聽，舞台依然在那裡。

「照妳的意思去吹就好，任何喇叭我都能配合。」

漆原沒有歸還千圓的跡象，紀和也失去了主動提起的機會。

換上小禮服的十分鐘後，她走上舞台。老夫婦和昨晚一樣坐在最前排。或許是從仙台上船的乘客較多，觀眾席比昨天的人多。

傍晚從《向日葵》（又譯《第二個月亮》）開始演奏的電影配樂是徹底討好觀眾，「應該沒有大家沒聽過的曲子」，因此掌聲也多，頗受好評。對於一點掌聲就滿足的自己，紀和感到難以忍受的心痛，但是麻煩的是內心又有幾分得意。

就在紀和眼前的座位上，老太太還是像昨天一樣兩眼亮晶晶地看著她。從那雙眼睛無法看出，逐漸遺失的記憶有多少，剩下的又是什麼。能夠像初次聽到的曲子那樣聽經典老歌，或許也是一種幸福？她如此暗忖著，一邊繼續演奏。

開始演奏「月河」時，可以看見老人在座位上坐立不安。在他那彷彿滲透皮膚的視線下，紀和吹奏薩克斯風。唯有在這首曲子，鋼琴變得溫順聽話。

演奏完觀眾點的歌，即將進入最後一首曲子前，老人再次將折起的白紙放到舞台邊。妝點船旅最後尾聲的是電影《俘虜》（又譯《戰場上的快樂聖誕》）的主題曲。雖然多少也懷疑為何要在秋天演奏這種曲子，但鋼琴開始前奏時，她覺得好像多少看到了漆原陰鬱的那一面。

隱約可以窺見漆原崇拜坂本龍一的過去。湯尼漆原以不輸給紀和聽來的陰鬱故事陰鬱地敲擊鍵盤。薩克斯風緩緩加入。最後一曲成了他的個人舞台。

表演廳的音樂會結束，她在門前目送乘客離去。老人微微一笑，只和她握手，今晚似乎沒什麼想說的，就此離去。

本以為能聽到什麼感想的紀和，失落地把那包小費交給漆原。

漆原走在走廊上，打開輕飄飄的紙包，剎時定住。

「為什麼！枉費我那麼賣力服務。結果今天是給妳的。好像還寫了什麼請求。」

他的動作倒是沒有嘴上說得那麼自暴自棄，紙包又交還到紀和手上。

和昨天一樣，萬圓大鈔摺成四折。不同的是，包鈔票的紙是兩張信紙，而且紙上寫滿密密麻麻的文字。

「這兩天承蒙妳配合老人的任性，真的很感謝。托妳的福，我和內人第一次也是最後一次的搭船旅行，應該可以愉快結束。聽了妳的演奏，讓我再次深深感受到，音樂真是好東西。言歸正傳，在任性之餘還有一個小小請求。絕對不麻煩。明天下船時，我從船上把車子開下去時，內人無人陪伴。雖然也可以拜託船上的工作人員，但是如果方便的話，我想拜託妳。因為內人無論是吃飯時或睡覺前，一直提到為我們的旅行帶來美好回憶的妳。等我把車子開到陸地上，立刻會去輪船搭乘站接她，所以能否請妳陪我內人一起下船？明天十點半，我們在入口大廳等妳。拜託拜託，請妳幫這個忙。」

只是這點小事的話——她微微吐氣。只要把老太太帶去搭乘站就行了。與紀和道別後，他們在車上的對話，將會持續到老太太忘記紀和為止。回到房間，她把攤開的鈔票塞進皮夾。紀和這個「如果能讓他們的旅途稍微開心」的偽善念頭，價值一萬圓。

翌日上午十一點，船抵達苫小牧港。紀和在入口大廳接了老人的妻子，牽著她的手下船。雖然船行平穩，下船後還是會殘留地板頂向腳底的晃動感。她留心著腳下，把害怕的老太太帶下船後，感到自己的任務已經結束一半。

下船後，海水的氣息似乎逐漸淡去。坐在可以看見船的長椅上，紀和與老太太一起等待老人來接她。

三十分鐘內紀和拉著老太太去上過一次廁所。她以驚人的坦率，仰望紀和的臉，說起以前看過的電影。

「我年輕的時候，還有人說我很像奧黛麗・赫本。」

現在雖然難以想像，但是想必那種往事會溫柔籠罩她的女人時光，紀和耐心傾聽她的敘述。

「還沒請教您的大名呢。」

「我叫里美。鄉里的里，美麗的美。」

「里美女士，上次說您幾歲來著？」

驀然露出沉思表情的她，說著「哎呀，我幾歲來著」凝視著前方的空間。紀和正想說不用勉強去想也沒關係，她已用力點頭。

「我想起來了。不久前，我滿五十歲了。我怎麼會連這麼重要的事都忘了呢。真是傷腦筋。」

應該早已超過五十卻還能重回五十歲，這種心靈自由，令老太太兩眼發亮。和里美一起旅行，身為丈夫的他或許也在享受和妻子的心靈回到同一年代的現實吧。

紀和再次將老夫婦的身影和自家父母重疊。正因為老夫婦沒有離婚才能得到今天。決定離婚時的父母或許無法估量什麼是幸福，所以才賭在未來的幸福上。至於和兩人的歷史、家族格格不入的孩子，就先撇到一旁——

搭乘站的候船室內的人們都走光時，老人依然沒出現。

開往苫小牧車站的巴士和直達札幌的巴士出發後，老人還是沒來。紀和終於開始覺得不對勁，把里美帶去售票窗口。

說明原委後，窗口的中年女性詢問她和老夫婦的關係。她回答只是在船上剛認識，連姓氏都不知道。對方頓時轉為一臉同情。

中年女人從乘船名冊找出「里美」的名字，將大致年齡及夫婦同行記錄下來。他們聽從女人的建議下在長椅坐下。

「里美女士，妳肚子不餓嗎？還好嗎？」

「我待會和爸爸一起吃，沒關係。小姐，妳餓了嗎？我去買點東西給妳吃吧？」

「不，我不餓。」

老太太對時間的流逝毫無疑念，不知厭倦地一心等待丈夫來接她。窗口的女人那同情的神情條然浮現縈繞不去。如果老人始終沒出現，把里美交給窗口職員的念頭也曾閃過腦海。但是一進入里美氣氛悠哉的世界後，那種念頭也逐漸溶解。

身旁的里美開始打瞌睡，紀和從拉桿行李箱的口袋取出昨晚老人包小費的信紙打開。

我和內人第一次也是最後一次搭船旅行——

那帶著沉重意味的內容接著寫到「絕對不麻煩」。唯有那句給人的感覺隱約有點異樣，令她背上一寒。以前看過的「姥捨[9]」小說從昏暗的場所冉冉浮現，更添一分寒氣。

下午兩點，已錯過午餐時間，但願里美的狀況不會因此惡化。就在她開始這麼想時，窗口出現騷動。

窗口的女職員走到候船室的長椅前。身後還站著一個穿西裝的男職員。陰沉的表情，讓紀和覺得絕非好消息。

9 姥捨，日本的棄老傳說，早年為了解決糧食短缺必須刪減人口，因此當父母年紀大了沒有工作能力，就會被遺棄到姥捨山裡活活餓死。

窗口的女職員湊到紀和耳邊說：

「她先生發生意外，據說已經被送去醫院。」

紀和盡量保持平靜聽她耳語。這時候如果驚慌大叫，里美會很混亂。對於一直在等丈夫來接她的里美而言，突發狀況將令現實更顯殘酷。

老人是在出了苫小牧市的直線道路衝出路外，造成單一事故。救護車把他送往苫小牧市內醫院的途中，他提到妻子還在港口。據說現在他女兒正從江別趕過來。

丟下妻子自己出城——

紀和拚命釐清狀況，思考該做些什麼。丈夫出車禍，醫院，女兒——啊啊，她點點頭，小聲問窗口女職員。

「只有受傷吧？」

「聽說沒有生命危險，但是什麼程度的受傷就不知道了。等他女兒抵達醫院，據說就會立刻來接母親。」

那麼接下來還要等幾個小時嗎？她看著手錶，忍住想嘆氣的衝動。

窗口女職員垂眼瞄了一下里美後安慰紀和，「我媽記性也有點糟糕，我懂」。

里美毫不知情，抱緊皮包就這樣打起瞌睡。

不管怎樣，至少得和來接人的女兒把原委解釋清楚，所以雖然遭到同情，紀和還是得陪老太太一起等。他們被帶去的，是牆邊有成排寄物櫃的更衣室。中央有一張會議桌，周圍放著圓凳和沙發。

「抱歉，讓你們待在這種地方。老奶奶恐怕得坐很久，可是只有這裡有柔軟的椅子。要上廁所的話出了門就在隔壁。」

布面三人沙發的長度足以讓里美躺下。事態在紀和不了解的狀況下繼續發展，而且顯然並非往好的方向。

里美把職員送來的超商點心麵包和三明治配著茶塞進嘴裡。

「妳也吃呀。這裡的人都好親切喔。真幸運。」

看著食物不斷被吸入里美口中，她有點不好意思伸手。最後勉強塞了兩塊剩下的鮪魚三明治，配著茶灌下肚。

整個人窩進沙發的里美閉上眼，語帶爽朗說：

「我們家爸爸不曉得又順路去哪了。不趕緊來接我的話，萬一我先死掉了看他怎麼辦。」

聽來不帶絲毫怨恨，可也不像已經掌握狀況。里美的咕噥，讓紀和想像二人平日的對話內容。不經意夾帶死、先或後這類字眼的生活，就像是會降臨每個人的時間，卻是紀和難以想像的遙遠。

無意間，母親說的那句「我也差不多該找新對象了」落在心底。安詳的鼾聲傳來。紀和從拉桿行李箱中取出運動服材質的防風連帽外套，蓋在里美的肚子上。

她將手機插上充電器，尋找插座。在最角落的寄物櫃腳下找到後，她沒有針對任何對象地咕噥一聲「不好意思」，插進插座。

她點開父親傳來的訊息。

點開的瞬間恍然大悟。

父親對前妻和女兒抱著罪惡感，每個月塞給女兒零用錢。紀和的存在，以絕妙的平衡感讓「前任家族」這種關係持續下來，收納在一個箱子裡。就算冠上

「前任」，從家族成員之一變成完全的「個體」還是會有點不安，但那種不安，和「自由」有著同樣形狀。

父親也得到自由，母親也得到自由，紀和也是——只不過到手的時期各不相同，也差不多該在眼前出現徹底的別離了吧。

「這個月一起吃頓晚飯吧？如果有空，就約五點，我先訂餐廳。父」

「知道了。今天剛下船，明天沒事。想吃好吃的壽司。麻煩你了。」

正因為變得非日常所以格外親密的聚餐，最好去吃昂貴的大餐。點名要吃壽司的紀和，也毫無罪惡感。父親為了掩蓋心虛，需要每個月付款給以女兒為名的「過去」這種儀式。

沙發傳來的鼾聲就像節拍器一樣規律。

敲門聲響起後，窗口女職員神情開朗地說著「好像有消息了」走進來。紀和為擅自充電道歉，女職員回應說小事一樁。

「這位老奶奶的女兒，現在正從醫院趕過來。哎喲，她什麼都不知情還在呼呼大睡呢。這些人什麼都忘了，簡直令人羨慕。就算馬上有人來接，但她如果是個正常人，我們說不定還有點不好應付，所以她這樣或許反倒是好事。」

「謝謝。麻煩妳不少地方。」

「妳才是，真是無妄之災。我剛才聽說了，原來妳是這趟出航在船上表演的人啊？妳怎麼不早說。看在妳酬勞不高的份上，說不定會有哪個大人物請妳吃頓午餐。」

紀和假笑，含糊帶過當下的氛圍。報上名字也不可能讓事態好轉，況且萬一讓人以為是外僱的乘船工作人員帶來的麻煩那就完蛋了。

「總之，只要把老奶奶交給她女兒，妳就完成任務了。真是辛苦妳了。」

下船之後大約已過了五小時。現身更衣室的，是一對看似五十幾歲的夫婦。看到剛睡醒，努力試圖想起這裡是何處的里美，妻子喊了一聲「里美女士」就噤口不語。一旁的丈夫深深鞠躬。妻子也跟著鞠躬。里美一臉淡定地說「你們怎麼跑來了」朝女兒、女婿揮手。

「敝姓片野。真的很不好意思。這次家母麻煩您照顧了。」

紀和說明在船上受老人委託的經過，詢問老人目前的狀況。對方說雖無生命危險，但是頭部受到撞擊，肋骨也斷了三根。頭部明天還要再做詳細檢查，現在已經睡著了。一旁的丈夫平靜地開口。

「您住在苫小牧嗎？」

「我住新札幌。」

搭計程車到苫小牧車站不知道要多少錢。一看手錶，差不多正是準備出航、兵荒馬亂的時刻。船上已有下一趟往返行程的演奏者。「那我們走新札幌回去吧。」丈夫對妻子如此小聲耳語。

「耽誤了您一整天，也無從道歉——」

夫婦倆說要先回江別的家中，替父親收拾隨身用品後明天早上再來苫小牧。

女兒從里美的皮包找出袋子，取出類似迷你針筒的塑膠器具，打手機聽從指示。

——找到了。接下來該怎麼做。

——刺在肚子上就行了？

——妳等一下，我試試看。

默默聽從擺布對女兒露出肚子歪頭納悶的里美，站在距離女婿沉鬱的表情很遙遠的對岸，露出小女孩般的笑容。女兒給母親注射藥物後，低聲說「這是胰島素」。讓里美上過廁所後，在似乎已精疲力竭的夫婦催促下，紀和上了他們的車。對方幫她把沉重的樂器和行李箱放入後車廂後，她頓時感到身輕如燕。妻子坐副駕駛座，里美坐在駕駛座後方，紀和坐副駕座的後方。

女婿問紀和要去札幌的哪一帶。她說從新札幌車站便可步行回家，對方說那就先走高速公路到那附近。車子滑向傍晚的馬路那一瞬間，睡魔突然襲來。身旁的里美又開始打瞌睡。

紀和昏昏沉沉快睡著時，副駕座的女兒抓住絕妙的時機對她發話。女兒問她是獨自搭船出來旅行嗎，她回答在船上的表演廳負責演奏。女兒問在船上演奏就是她的工作嗎，她說只是暫時性的兼職。對方或許覺得問了不該問的，話題轉向父親的車禍。

「我猜他或許忘了我母親還在等他去接，就開車往家裡去。半路想起來，才慌忙打方向盤迴轉吧。母親從很早之前就變得記性很差，吃飯和吃藥都靠父親照顧。發生這種事情，我忍不住有個可怕的念頭，懷疑兩人搞不好都失智了。」

「在船上我們聊過一會，並沒有那種感覺。」

「您和家父聊了什麼呢？」

「表演後聊過兩次，時間都不長，就是說些旅行和令堂的事。我認為他是個很注重家族、很慈祥的人。」

「是嗎？他沒說什麼不該說的造成您的困擾吧？」

「怎麼會。」

副駕駛座的嘆息很沉重。瀰漫車內的，是每個人身上各有不同原因的疲憊。或許是專注在高速公路的行駛，丈夫打從剛才就不發一語，不知道他是抱著什麼心情旁觀岳父母家的種種問題。

不知從哪裡響起手機的震動聲。副駕駛座的女兒開始說話。

——剛才謝了。嗯，我們正在回江別的路上。醫院本身很大，我想應該沒問題。就算有，現在也不可能搬動父親——胰島素已經照妳說的注射過了，現在她在後座睡覺——總之明天阿啟和我都請假不上班——對啊，總不可能丟下里美女士不管——藥的問題，我會問問看家裡常去的醫院——到底要住院多久可能要看明天的檢查結果——妳如果能來家裡幫忙當然是最好，不過我看——

她聽了一會對方講話，長嘆一口氣後，似乎忘了後座還有外人在，不耐煩地放話。

——那種事妳先看看這狀況再說好嗎！現在應該不是指責我怎麼喊母親的時候吧！

電話似乎被對方掛斷了。車內的空氣更加凝重。

本以為在紀和身旁熟睡的里美，忽然用尖細的嗓子對女兒說，「智代，對不起喔。妳不要為了爸爸那麼生氣。他沒有惡意。大家都沒有惡意。爸爸那邊我晚點再好好跟他說。」

長女一直繃著的緊張心弦斷掉了。副駕駛座的她開始憋著聲音哭泣。讓人坐立難安的尷尬氣氛中，只有里美說出溫言軟語。

「爸爸他雖然嘴上那樣說，其實很擔心兩個女兒。過去他雖然也帶來很多不愉快，但媽媽還是喜歡爸爸喔。對不起。」

里美的心此刻在哪個時空旅行不得而知。紀和被捲入這一家人面臨的狀況，一再在內心深處反芻里美這番不能說契合當下狀況，也不能說毫不相干的發言。

當她正想像這個家族以年邁的母親為中心，今後究竟何去何從時，副駕駛座的女兒冷不防說，「所以我早就叫他不要再開車了。講了那麼多次，他居然還開車搭船去名古屋。搞到最後甚至連老婆都忘了帶就自己回來，這到底算什麼。」

老人在女兒心裡已經徹底變成「忘記讓妻子上車就想自己回家的父親」。只要他不否認，懷疑就會變成確信。不管怎樣，老人說的「最後一次旅行」已成為現實。

紀和將皮包抱在胸前，把手按在老人寫的信那一帶。她在昏暗的車內尋找他真正的想法在何處。安靜的駕駛，雖是家族一份子卻從能夠客觀看待的場所旁觀這個狀況。他始終不發一語，顯然就是最好的證據。

雖然只在車內待了短短三十分鐘，紀和感覺就像被有黏性的水絆住腳，她回想老人說過的話。老人不得不獨自開車離去的原因是什麼？是否在哪裡曾不經意留下訊息，足以讓她找到解答？

閉上的眼睛深處，有海鷗潔白的羽毛橫越而去。啊！她抓住記憶的尾巴。對著副駕駛座顫抖的肩膀，她先聲明「這純粹是我自己的猜想」。

「令尊曾提到有時會動粗。」

「動粗？什麼意思？」

「他好像有時候會忍不住打里美女士。他說自己也不知道里美女士這樣立刻就忘了挨打是救贖還是懲罰。」

紀和無法想像，在那沉默的一、兩秒之間，女兒心頭浮現了什麼樣的過往。雖是同一時間的記憶，父親和女兒看到的並不一樣。正因為是同一時間同一片風景同一件事，才會變成截然不同的記憶。

「他到現在還是以為只要動手打人就管用。這種事情，他寧可告訴外人，卻對家人隻字不提。這種事他只告訴不會批評他的人，分明只是在保護他自己。都八十幾歲了居然還沒醒悟。到了這個地步，他還認為家族是自己為所欲為的工具。他堅持一個人照顧里美女士，也是因為有人看到這種現實狀況會讚美他或同情他。他想把我們以前吃過的苦巧妙粉飾，偷換成一則佳話——」

紀和毫無機會插嘴，她一口氣說到這裡後再次沉默。紀和又把引起這段對話的記憶從喉嚨深處拽出來。

「府上的家務事我不清楚，擅自猜想也很抱歉——」

但令尊或許已經對動手毆妻的自己忍無可忍了吧——紀和拼命動腦筋試著用適當的說法告訴她這一點。至於是否妥切說明了，效果十分可疑。紀和想表達的，就是他絕非忘了妻子準備自己回家，而是無法再忍受動手毆妻的自己。但她的那種猜想，一旦和女兒內心沉睡的記憶混合，就浮現別種色彩出現新的模樣。

他只是無法再維持體面，於是臨時起意拋棄了妻子——

想反駁「不，不是這樣」的意念，也化為越來越細小的冉冉輕煙。大家都只想把這個狀況歸結到對自己有利的結論。

紀和終究無法用言語表達「他或許是抱著獨自尋死的打算迴轉方向盤」這個假設。不過，這本來就不是里美在身旁時該說的話。

車子在札幌南交流道下了高速道路。沿路開始亮起的燈光中，駕駛座響起的低沉嗓音打破凝固的空氣。

「現在要開往新札幌車站的方向。如果不介意，我想直接送您到住處附近，可以嗎？」

揹著樂器拖著行李箱走路，坦白講的確很吃力。她決定今天破例一次，請對方把車子開到距離公寓走路只需一分鐘的超商。他在路旁停車，開始在行車導航器輸入資訊。

看著照亮路肩的停車燈閃爍，副駕駛座的女兒問紀和。

「您的家人會不會擔心？」

「應該不要緊。」

「您住在家裡嗎？」

「是的。」

「只靠一把樂器賺錢維生，果然不容易。當然我們只能想像。」

被對方猜來猜去也麻煩，紀和索性老實回答「如果不是住在家裡的確很難糊口」。不可能了解彼此生活的人待在同一輛車上。副駕駛座的手機似乎不時還在震動，但女兒只看一眼來電者是誰並未接聽。不知第幾次震動後，她終於憤然接起。

——這次是簡訊。

又傳來一聲響亮的嘆息。

「阿啟，乃理說她明天要搭第一班車來家裡。怎麼辦？」

「還能怎麼辦。她也是擔心父母。」

「想到又要被她那種個人正義感教訓，我就心情沉重。她自己堅信是出於善意才講那種話，所以更難以對付。」

「大家都是這麼回事。有事就碰面或打電話，頻繁地在日常生活中保持聯繫，於是更沒有道歉的機會，所以才會鬧彆扭。除非知道已經到了最後時刻，否則人很難——好，這樣就行了。」

留下沉穩的餘韻，設定好導航器後，車子再次出發。副駕駛座的女兒，扭頭對紀和說「抱歉，家務事讓妳看笑話了」。

「我父親的車禍，是我住函館的妹妹先接到通知。就像傳話遊戲一樣，訊息變得很混亂，大家都全憑推測說話，所以很麻煩。只有里美女士永遠保持同樣的速度，那好像成了一種救贖。妳一定也累了吧——」
她似乎說到這裡才驚覺，又說了一次「對不起」。
「給妳添了這麼多麻煩，好像還沒正式請教妳的大名。」
「彼此彼此，不好意思。我姓門脇。」
停頓了一拍後，她問是否可以留個手機號碼。
「如果妳想起和家父的對話中有什麼線索，請隨時告訴我。我想一定有他從未對我們說過的話。」
紀和把她報上的號碼加入新的聯絡人名單。車子穿過高層公寓街，進入低矮出租公寓林立的一角。車子停在距離公寓走路只需一分鐘，紀和常去的那家超商的停車場。紀和準備下車時，里美忽然用纖細的手抓住紀和的手臂。
「小姐，下次再演奏『月河』給我聽。真的好開心。和爸爸一起搭船一直是我的夢想。托妳的福，這趟旅行很愉快。」
「里美女士——」
紀和懷疑這個老太太，對於丈夫、女兒乃至自己身上發生的事全都一清二楚。該不會明明清楚，卻假裝已經忘記一切吧——這種疑心，逐漸被那亮晶晶的眼神沁染。

「下次再演奏給我聽。拜託。」

「好的。里美女士也要保重身體。」

一年一度的船上表演工作留下的是老夫婦的記憶，和身體核心殘留的搖晃，以及老人寫的信。

她在超商買了香蕉和優格回到公寓。

母親出去工作還沒回來。紀和隨便沖個澡就鑽進冰冷的被窩。彷彿沉到水底的睡意立刻降臨。

在類似無聲也無影像的黑暗海底的場所，紀和看到小時候父母替她過生日的情景。紀和的記憶帶著電視框架被喚醒。框中的自己，是已經無法重回的過去。

反正我也不想珍惜——

反正，也不希罕被珍惜——

紀和在夢中想閉上眼睛，眼皮卻一直睜著，三人圍繞生日蛋糕的場景不停在腦中重演著。

翌日下午五點，她走進父親指定的百貨公司餐廳街的壽司店。坐在吧檯前的父親轉過頭。杯中的啤酒已喝掉一半。低沉流淌的音樂是艾瑞克・克萊普頓。不壞。「我先喝了。」面對父親說著露出的笑臉，她以彆扭的笑容回應。

吧檯區一半的位子都有客人，桌椅區也開始有人落座。他們吃著生魚片和涼拌小菜、據說是店裡招牌菜的味噌醃起司，配著這些下酒菜喝啤酒。改喝日本酒時，吧台送來握壽司。無意間，她說出老實話。

「我過去能夠背著薩克斯風輕飄飄混日子，是因為爸媽對我感到內疚吧。」

「沒頭沒腦的，怎麼突然說這個。是工作不順利嗎？」

「托你的福非常順利喔，船上的搭檔又是那個湯尼漆原。」

「三年都指名找妳，可見得很賞識妳的技藝。妳不該這麼說人家。」

沒有徹底消除的船旅疲憊，讓今晚的酒變得嗆辣。父親津津有味地喝著酒，脫口冒出一句話。

「我打算結婚了。」

離婚後的父親交往過又分手的女人光是紀和知道的就有四人。這是第一次聽他說出結婚這個字眼。

父親在客戶那裡認識了女人或和兒時玩伴交往，都會在熱情消退後向女兒報告。不知道為什麼，比起開始交往的報告，分手報告更能炒熱對話，讓氣氛變得歡樂。

「媽也說差不多該找個新對象了。」

「這是好事。簡直太好了。」

女兒竭盡全力的諷刺，也被父親簡單帶過。

「那個女人幾歲？做哪一行？」

唯有這時，父親有點抱歉地皺起臉說，「是律師事務所的事務員，三十歲。」紀和搖頭咕噥「只和我差五歲」。

「歲數這麼相近嗎？」父親嘴上裝傻，卻不敢看她。

「不好意思，這次的對象我應該不用見吧？」

「別這麼說嘛，你們可得好好相處。」

紀和喝光手上的酒，替父親斟酒。父親和母親，都自願拋棄了船上那對老夫婦得到的白頭偕老這個選項。

「當初你們離婚的關鍵原因是什麼？過去我一直沒有明確問過。」

「單就我而言，是身為男人的焦慮。連我自己都覺得男人真是麻煩的生物。」

離婚後也一直扮演「好父親」的男人，他的女兒被養成一個分不清「好男人」複製品和真貨的女人。今後要學習了解「男人」，還不知道有多麼疼痛的經驗在等著——不，她搖搖頭。

「我想，我可能會因為爸爸結不了婚。」

「這種說法太過分了。虧我還特地請妳吃美味的壽司。」

「雖然沒有一起生活，但是多虧有個通情達理像大哥一樣的爸爸，讓我以為男人就是無條件溫柔的生物，所以只要稍微不符合這個想像就受不了。對方是否比爸爸更溫柔，或者更嘮叨，更悲觀沒自信，總之評分標準永遠是拋棄我的爸爸。」

「我養出的女兒可真辛辣。」

不知為何，今晚她很想狠狠刺痛父親。

「媽其實也應該趕快再婚。現在才說想找新對象，我甚至都覺得有點太晚。」

嗯——父親露出自虐的笑容。有的男人會厚著臉皮宣言自己就是有男人的劣根性，也有的男人無法忍受對結縭六十年的妻子動粗，索性踩下油門。

爸——紀和回想這幾天的經歷，問父親：

「你曾有過想死的念頭嗎？」

裝冷酒的小酒杯，在嘴前停止，又回到吧台。

「怎麼會問這個？」

「我自己到目前為止是沒有。但我覺得有那種念頭的人應該還滿多的。撇開有沒有實行先不說。」

父親邊給兩人的酒杯斟酒邊簡短應聲附和後，「如果說我從沒想過那是騙人的。」他說。

「過了五十歲，無論男女都會有點焦躁。還沒做的事明明很多，卻發現已經到了無法重來的地步。就這樣繼續毫無起伏的上班生活直到退休，乃至退休之後的情景都可以想像到吧。想到自己過去究竟留下了什麼，就覺得很多事都很空虛。不過，會這麼想的人大概也死不掉。」

「怎麼說？」

「因為還有餘裕覺得空虛。只要還有思考，人就不可能輕易死掉。就這個角度而言，也等於並未真心想死。如妳所見，我從以前到現在都是個厚臉皮的人。」

「我不算是爸爸留下的過去？」

「是啊，如果我沒有中途放棄父親的職責，或許可以成為讓彼此驕傲的父女。這樣不知道能不能算是所謂的新類型親子？」

藉著談笑，從父女關係跨出一步。海鯽仔和鮪魚、鮭魚為何都如此美味——

「我想應該是遺傳，我也很厚臉皮。這些年謝謝你。要結婚了啊，恭喜。」

「我怎麼覺得還不如被妳罵一頓。」

父親和母親身上，在同一時刻吹過類似的風。

「要我罵你嗎？」

「每次和妳見面，就好像被踩中最痛的要害。」

驀然間，「自然結束和人為結束是不同的」這個念頭朝著心底落下。爽快的打擊樂器響起。選取新的一步，他們也將結束前任家族這個關係——是自發性的「人為結束」。

不是終結，是收起珍藏。

紀和彷彿窺見氣質有點與世無爭的父親內心的糾葛及強韌。而自己，是這個如果不丟臉地吹噓就無法逞強的男人的女兒。

她夾起海膽吃。

取出信用卡付帳單的父親，接著從皮夾抽出三張萬圓大鈔，對折之後想塞給紀和。

「不用了。你既然快結婚了，應該需要錢吧。」

距離物理上的自立，更遙遠了。但紀和過去感到的無助感已經消失。

「別這麼說。至少今天就收下吧。別讓我那麼尷尬。」

「那我就收下了。」

父親並未察覺此刻收錢的女兒會有多尷尬。

在百貨公司前，她揮手與父親道別。只要自己先轉身離去就能輕鬆。明知如此——比起和男朋友分手，還是多了一點點心痛。

在回程的電車上，她恍然大悟輕鬆原來就是這種感覺。簡單得很。只要把拋開猶豫的地點當作自己的安身之地就行了。

一走進公寓玄關，手機開始震動。定睛一看，是「湯尼漆原」。她嘆口氣。帶點醉意的聲音猛然竄入耳中。

「妳每週二和週五、週六有空嗎？」

被這個壓根不在乎別人現在是否方便的男人這麼一問，她回答，「很遺憾，有空。」

「專屬的薩克斯風手有空缺。是可以容納三十人的爵士屋。晚間八點、九點、十點共表演三次，每次三十分鐘，如果還有客人留下就再演奏一次。日薪一萬——隨妳怎麼吹。可以吧？」

店名是紀和也知道的老店，位於薄野鬧區的正中央。漆原認識的薩克斯風手多得數不清，居然會主動找上紀和，簡直不可思議，因此她沒有立刻一口答應。

「難不成妳還有什麼不滿？」

「沒有。」

「那就明天開始。第一天要早點來調音。我也會準時抵達。」

電話說聲「拜」就掛了。

她在玄關脫鞋口的台階坐下，盯著手機看了半晌。

這似乎是收獲之神與拋棄之神在小院子任性玩耍的一天。

這算是能夠笑著與父親道別的獎勵嗎？總覺得，這也是老夫婦給的小費。漫長的演奏結束時，那種如釋重負的感覺重現心頭。

車禍受的傷不知道現在怎樣了。對於活下來，老人又是怎麼想呢？紀和找出片野智代的電話號碼，花時間分成好幾通輸入簡訊。

「我是門脇。昨天謝謝你們送我回來。令尊的傷勢如何？里美女士還好嗎？

「希望改天令尊和里美女士能夠再來聽我演奏。衷心期盼早日康復。門脇紀和」

她遲疑許久，又補了一句。

「請轉告他們，週二、五、六我會在薄野的『This is』演奏──」

第五章

登美子

五月的天空籠罩微雲。漫長的連假也已結束，到處都見不到什麼人。下了無風的公車站，登美子開始走人行道。

只要走五分鐘就到女兒住的公寓。她是標準體型，五十幾歲胖了三公斤後體重就再沒變過。如今八十二歲還能膝蓋毫無疼痛，大概要歸功於長年在旅館做女服務生鍛鍊出的腰力和腿力。

是因為關節扭曲才會痛，所以走路時和上下樓梯時要忠於關節的方向——教她這一點的是年長二十歲的前輩，然而前輩已不在人世。每次在路旁或醫院候診室看見蹣跚的老人時，她就會在心裡雙手合十默禱，感謝前輩當時的教誨，讓她的身體迄今還能行動自如。

大女兒萌子叫她今天過去一起慶祝六十歲生日，因此她特地換乘公車從阿寒來到釧路市區的外圍。兩個女兒從來沒有因為要慶祝什麼節日邀請她過去。八十二歲的老母親被叫去慶祝女兒的六十大壽，肯定也是不可思議的奇事。她想或許該慶幸彼此都很長壽，雖然覺得好像不是母親該送的禮物，還是買了兩條紅內褲。

靠著老人年金獨居的登美子，就算明天猝然死在家中也不會有任何人發覺。但就現實而言她目前還活蹦亂跳，看不出會有那樣的一天。就算有哪裡出問題，只要沒有自覺症狀也沒有在醫院詳細檢查，頂多是日常生活的動作變得有點慢，不是什麼大問題。

登美子婚後立刻生下兩個女兒，長女萌子從小就經常這邊痛那邊疼，是個喜歡去醫院的孩子。為了一個神經性胃炎的診斷就喜孜孜四處吹噓自己有病的癖好，和前夫一模一樣。小女兒叫珠子，現在不知道過著什麼樣的生活。珠子和背上有刺青的男人同居後已有將近三十年沒聯絡。萌子六十歲，這表示珠子也五十八了。如果現在能過著不給人添麻煩的生活就該謝天謝地了。

超市那種有商標的購物袋很方便，她不管去哪都背著。裡面裝著錢包，一條毛巾，兩包面紙，為了給紗巾手帕鉤織蕾絲邊而隨身攜帶的手工藝用具，另外就是預防突然日曬的摺疊型帽子一頂。今天又加上給萌子的一包禮物。

電話有家裡的就夠了，因此她沒有手機。除了出門買菜之外的時間，幾乎都在看漫畫或編織。五十歲離婚時還能靠手工編織品及藝術品賺點零用錢。日常生活靠著在溫泉旅館工作到七十歲的收入維持。登美子的一生目前還剩下的，就是只要不浪費應該足夠一個人活到死為止的存款，以及幾十年都捨不得放手的漫畫。

為了生存而長年工作，結果得知為死亡做準備最花錢而鬱悶的七十幾歲也已過去。放眼周遭，連這一點都做不到的人多得是。溫泉街本就狹小，去她以前任職的旅館借用澡堂時，經常在路上遇到以前的同事。開了小小的爐端燒居酒屋卻生意失敗的女人，沒有寒暄就劈頭說「能否借我一點錢」時，她笑答「我現在開始存錢，妳等著」。

儘管她一再勸告同事，關節痛導致不能再工作都是因為姿勢不良，或者沒有考慮身體條件就勉強行動，但是誰也沒聽登美子的勸告，還是辭職了。

父母早已過世，兄弟姐妹中有來往的也只有住在釧路的妹妹夫婦，但最近既沒有叫她過去幫忙做生意，也沒有來電說聲過得好不好。

過了八十歲，沒有消息通常就代表死了吧。她也懶得和誰保持聯絡，雖然擔心，卻還是這麼拖到現在。活著的時候能見面當然好，但是彼此都來日不多，登美子不大確定見到面該說什麼，該想什麼才好。最近，她開始覺得收到消息時，只要能靜靜雙手合十地過去就好。

周遭的人如果都說這人「開朗」、「活潑」，自然而然就會變成那樣的人。只要用討喜的臉孔活下去就絕不會錯。她自認為也是這麼教育女兒，但是不知為何，兩人都沒有變成登美子想像中那種開朗的女人。

不過那當然也是一種生活方式，沒什麼不好——

她把快滑到前臂的購物袋拽回肩上，一邊數著路旁花壇綻放的鬱金香，一邊走向女兒住處。五月的鬱金香和櫻花，是誰決定不合時宜的——在此地，每年明明都是現在這個時期開花。

她挺直腰桿大步前進，終於抵達女兒住的雙層公寓。萌子遷居此地，應該是在她四十五歲和丈夫離婚之後。唯一的女兒也跟著爸爸走了，因此在登美子的記憶中，外孫女始終保持國中生的模樣。現在應該已經出社會工作了吧，抑或已經結婚生子，正在帶小孩呢？

出自自己身體的血緣，對登美子而言並沒有那麼重要。長年以來她一直不認為那種薄情和兩個女兒的不滿有關。小女兒離家和刺青男同居時，她的教育態度雖然被萌子大肆數落，但那聽起來也像是女人們常有的詭辯。

那是什麼時候來著？她每走一步就有景色流過。在腦中簡單做個年齡的加減法後，她暗自慶幸自己的腦子還很正常。

「打擾了。」她咕噥著按下門鈴。這間公寓有三個向南的房間還有廚房，是不錯的房子。彷彿在模仿登美子人生的萌子，被她在內心視為夥伴，因此雖是母女卻能維持不遠不近的理想關係。

「請進。」

萌子沒有任何笑容，向來都是這麼不客氣。那也就算了，進了屋後發現異常空曠，讓登美子納悶。她一年會來一次，以前有收拾得這麼乾淨嗎？

「妳終於醒悟要打掃了嗎？收拾得太乾淨了，簡直像搬家的前一晚。」

在針灸診所上班之餘也在市內的文化中心指導健康操的萌子，略瘦的身子倏然挺直，高聲笑著說，「妳說對了。」

「真的要搬家啊？那妳怎麼不早說。偏說是要慶祝六十歲，我還以為是來給妳過生日的。」
「哎，今天有很多話要說，所以慢慢來。」
「噢？沒想到會從妳口中聽到這種話。如果六十歲就能讓人變得圓滑，那麼年老也不壞嘛。」
以往應該有調味料、筷筒、藥袋、餐具及即溶咖啡的瓶子排排站的餐桌上，今天也收拾得乾乾淨淨。椅背上沒有搭著外套或等待清洗的髒衣服，也沒有肩膀似乎會被椅背撐出兩個角的過季針織衫。定睛一看，櫃子裡也幾乎都收拾乾淨了。
萌子用紅色水壺燒開水，沖泡即溶咖啡。特色強烈的咖啡香氣瀰漫廚房。登美子從購物袋取出包裹，遞給坐在對面椅子上的女兒。
「雖說六十了，但這個年紀應該還能工作不是很好嗎。我也是做女服務生一直做到七十歲。妳還有十年，沒問題啦。」
把嘴邊的馬克杯放回桌上，萌子拆開禮物。攤開出現的兩條紅內褲，萌子說，「我最近已經不穿肚臍以上的高腰內褲。不過，腰會冷的時候穿這個或許不錯。」

「溫泉的脫衣間，穿這個的老太太可多了。大家都健步如飛，我也很愛穿。」

萌子的唇角只有一端朝著眼尾挑起。登美子啊了一聲，從內心深處翻出古老的記憶。女兒這種瞧不起人的神情和前夫越來越像。

「妳現在穿哪種內褲？」

她問，對方回答「坦噶（Tanga）」。短歌？不，是坦噶。坦克？就跟妳說是坦噶。是這種啦——萌子說著站起來，從抽屜取出給她看的，是可能會被誤認為蕾絲手帕，能否遮住毛都令人不安的小丁字褲。她問女兒這種東西能做什麼用，對方回答「會讓腰背挺直」。如果一條內褲就能讓腰背挺直，那應該也不錯吧。

「所以——」萌子說著從冰箱取出白盒子打開蓋子。裡面出現一個直徑十五公分左右的生日蛋糕。鮮奶油和草莓妝點得紅白相間的漂亮蛋糕上，放了寫有「祝萌子生日快樂」的白巧克力。

「一起吃吧。」

登美子納悶這究竟是什麼儀式，但萌子不管她，二話不說就取下巧克力把蛋糕切成兩半。討厭烹飪的女人用的菜刀或許是刀刃有缺口，柔軟的蛋糕剖面看起來也像是用鋸子切的。

蛋糕在西式碟子上被擺成可以看見剖面的角度遞過來，她吃了一口。萌子也不發一語地開動。咖啡冷了，但登美子不好意思要求其他飲料。

兩人吃了一半時，萌子終於開口。

「我決定從今天起拋棄媽了，請好自為之。」

她一時之間滿頭霧水，但她覺得不吭氣也怪怪的，於是回答「噢，是喔」。

萌子的表情僵硬。

決定拋棄了——

如果光擷取這部分，聽來顯得異樣殘酷，但是不知為何登美子卻毫無這種感覺。她更在意的是讓女兒不得不如此宣言的隱情。萌子現在渾身都是「隱情」。僵硬的表情，讓她察覺今後已經沒機會再見到這孩子。登美子的口中，冒出與其說是反駁，更像是在捫心自問的咕噥。

「什麼拋不拋棄的，真是奇怪的說法。和過去有何不同？」

萌子舔掉嘴角沾的奶油。

「所以說，就是斷絕關係。我也要開始新生活，事實上我光是自己的事就已經忙不過來了。今後，我只有短期計畫，必須把握時間好好思考。根本顧不了什麼十年後。必須像以一年為單位更新生命契約那樣好好生活。況且就算把時間都花在孝順上，也拿不到媽的保險金。」

「我根本沒有買人壽保險，當然也沒想過活得比女兒更久。妳老媽都這麼不惹麻煩了，妳幹嘛事到如今還要搞個斷絕關係的儀式？妳說的話我從以前就聽不大懂。」

「說到明日未卜這一點，我想對彼此應該都一樣。如果認真思考今天、明天、後天，自然會覺得現在活得舒服更重要。討論彼此老了以後誰來照顧的問題時，那個『老了以後』，我認為正是現在。我可不想過那種十年都在嚷著老了以後要如何如何，徒然讓皺紋增加，彷彿依靠不知長短的繩子似的生活。」

登美子又問，那麼，這和斷絕母女關係又有什麼相干？萌子深吸了一口氣然後吐出，露出冷靜的眼神。

「我決定結婚了。不是再婚，是結婚。重新開始自己的人生。」

「那真是恭喜。六十大壽和結婚，喜事成雙。不管慶賀之後有沒有人陪，妳都不用在乎，要自己過得幸福喔。和過去一樣不就好了。幹嘛突然說這種話。緣分和關係，是自然斷絕的。整天把斷絕掛在嘴上的人絕對斷不了關係。就跟整天嚷著要死的人通常死不掉一樣。」

萌子的臉孔不快地扭曲，幽幽冒出一句「我就知道」。

「我就知道媽無情。我到現在都忘不了。珠子和那個男人離開時，媽還穿著睡衣看漫畫。和爸爸離婚搬家時也是，不收拾我們的行李，反倒先把漫畫裝箱。我一輩子都忘不了。妳只要有空就忙著編織和看漫畫。小孩生下來就放牛吃草。就算不是爸爸，肯定也會討厭妳。」

不知道是自己的主張格外重要，還是很焦慮，萌子半帶怒吼，聳肩喘息。長年待在清一色都是女人的職場做服務生，登美子從來不會對別人的情緒性發言認真地大聲反擊。這種時候，長年鍛鍊出來的工作面孔就會倏然探頭。

「那些漫畫現在還放在我房間最重要的地方喔。」

萌子氣得鼻孔撐大，吼道「妳不要太過分」。

「媽妳後來根本沒有找過珠子也沒確認過她怎樣了。就連爸爸死掉也沒掉一滴眼淚。妳心裡根本沒有家庭。」

這孩子為什麼現在才這樣拿妹妹的事情當話柄找她吵架？這個疑問從腹部湧至喉頭。但登美子還是默默聽女兒繼續怒吼。

「珠子兩年後就和那男的分手了。她說想向媽道歉但沒臉見妳，所以才沒有回阿寒。後來連我也失去她的消息，已經十年沒聯絡。這期間，媽從來沒提過珠子的名字。把珠子逼到絕路的就是妳。」

原來如此——如果是連續劇，這時應該要哭倒在地吶喊「其實我也一直很想她」，但那樣只會讓登美子自己覺得尷尬。做不到的事情就是做不到。

「她連妳都不聯絡了，當然更不可能來找我。說我無情，難道我能把女兒像漫畫一樣裝進紙箱抱著走嗎——妳到底對父母抱著什麼期待？」

隔著桌子可以感到，人體原來是會因為憤怒而升溫的。萌子的身體微微膨脹，鬱積的東西化為言詞一股腦溢出。

「對父母的期待？那種東西早就蒸發了。我打從高中畢業就一直自食其力。從來沒有依靠過媽。結婚和離婚也都是我自己決定的，就算小孩被搶走我也沒有哭，還是努力撐到現在。一邊在針灸診所做櫃檯一邊上夜校，也考取了執照，成為柔道整復師[10]，這把年紀總算可以獨立開業。我決定今後只為自己而活。所以我要和妳斷絕關係。彼此都是一個人任性過日子，養老問題也該自己負責解決，我只是想聲明這點。」

傷腦筋，登美子轉動脖子。她不清楚自己負責和斷絕關係到底是怎麼扯到一起，但萌子想必有自己的理由。可嘆的是，身為母親，讓迎來花甲之年的女兒說出這種話，未免太沒出息。

「我知道了。妳就和過去一樣照妳自己的意思做。我不問妳特地把我叫來對我大吼大叫的理由。太麻煩了。彼此就好好地活到死吧。」

雖然覺得這種說法很矛盾，但她想不出更合適的說法。放下沒吃完的蛋糕碟

10 柔道整復師，日本國家認證的專業醫療人員，不靠手術或藥物，以雙手調整骨頭和肌肉來治療。

子，從椅子起身。驀然間，她察覺到被斷絕關係的儀式一鬧，完全沒提到女兒的結婚對象。

「對了，妳的對象是哪裡人？是什麼樣的人？就算我再怎麼困難，也不會厚著臉皮隨便去找妳。妳也知道我並不是感情那麼豐富的人。我現在問妳，只是既然提到了，就順帶問一下。」

萌子本來要奪眶而出的不甘淚水又縮回眼眶，「企業家，五十歲，初婚。」她驕傲地說。原來如此，難怪萌子說不是再婚是結婚，她恍然大悟，隱約窺見女兒內心身為女人特有的骨氣。和比自己小十歲的男人重新開始人生，果然需要像蕾絲手帕一樣輕飄飄的小內褲吧。女人能夠用一條單薄內褲決勝負的時間，仔細想想也只剩五年，最多十年。過了七十歲就得擔心漏尿了。活到現在，當然已經很清楚那十年有多麼短暫。萌子應該也察覺到這一點了吧。對肌膚保養和體態維持絲毫不敢懈怠的生活，如果以六十歲為界，從此更花團錦簇，那倒也不錯。當萌子七十歲時，對方也六十了。屆時會變成怎樣誰也不知道。但願二人到時候還能一起擔心漏尿的問題——

「或許如妳所說吧。」

登美子再次定睛看著把頭髮染得一絲白髮都沒有的女兒。長年來她一直以為萌子像前夫，但這種堅持主張的脾氣或許是像自己。不同之處，大概是身為母親的自己懶得搞這種儀式化的訣別，寧可任由時光和清風吹送吧。

徹底斷絕關係想必也需要精神力量，但是習慣將一切曖昧不清的個性，應該也不全然是壞處。

到頭來，還是因人而異吧——

職場的年輕同事們都把登美子當成「善解人意的媽媽」，非常仰慕，可是親生女兒不吃這套。她朝著眉目張揚此刻卻紅了眼眶、扭頭不理她的女兒微微揮手。人不可能得到一切，這個念頭如稀疏的刷子滑過登美子的外側和內側。哪都不疼。

她放下蛋糕，走出女兒住處，原路折返。路旁依然有鬱金香挺直腰桿，稍微抬起視線便有櫻花添色。等公車的這二十分鐘，她望著從公車站牌可以看見的住宅區植物，忽然開始擔心住在河口附近高地的妹妹。即使上了空曠的公車，妹妹的影子依然縈繞腦海。
妹妹里美失去聯絡已有多久了？今年冬天好像是頭一次在過年期間一通電話都沒有吧？她一邊想著妹妹不知道怎樣了，就這麼拖過一個月又一個月直至半年，這是因為登美子過去從未把時間花在別人身上。不用女兒批評，她自知就是因為沒有和親戚走動，才能有現在這麼輕鬆的生活。不靠任何人照顧的自我意識，也沖淡了血緣親情。
里美應該沒事吧——
他們是手足七人中的長女和次女，姊妹就只有他們二人。二人又各自生了兩個女兒。八十二和八十啊，她咕噥著眺望窗外流逝的灰濛濛春日街景。在她被指責對珠子無情的這一天想起妹妹，這種心理活動異常新鮮，她不禁沉浸在妹妹的回憶中半晌。
說不定直接去一趟妹妹家更快——
這麼想，是因為在車站前看來看去都找不到電話亭。想找的時候偏偏沒有公用電話。幸好她沒帶什麼大包袱，她深深嘆口氣。從車站到釧路川大約一公里，過了橋上坡再朝海邊走下去一段路，大約也要將近一公里吧。

還能迅速向前邁步讓她鬆了一口氣，登美子越過斑馬線，走向成排商店已拉下鐵門停業的北大通。此地迄今仍誇耀身為主幹道的自尊心，寬敞的路上有零星的汽車陸續交錯而過。林立的銀行與飯店中，不時也有拉起狹窄的鐵門彷彿縮著肩膀乖巧端坐的餐飲店。她甚至想不起來那原本是賣什麼的店，不過一度拉下的鐵門又重新開張，想必需要不小的力氣。

行道樹下很通風，彷彿被風推送身體，感覺頗為舒暢。她這種事事輕鬆看待的態度，登美子猜想，在女兒看來大概是怠忽母親的職責吧。離婚後直到六十歲左右的那十年，也曾和幾個男人相處得氣氛不錯。但對方幾乎都已有老婆或年紀比她小，始終沒遇到足以讓她跨出一步談戀愛的對象。

她一方面覺得已經受夠婚姻，同時也和熱愛漫畫的男人聊得投緣，因此只要不在意年齡，不管二十幾歲或五十幾歲都能結為好友。

最近就算有人邀她去老人會的活動她也提不起勁，還不如自己在家編織。一群老人坐在折疊椅上合唱歌謠只讓她覺得掃興，一點都不好玩，而且幾乎所有的人都有某種疾病，在這種環境下不斷折疊不知道要送給誰的千羽鶴[11]也讓她感覺毛毛的。如果來了六十五、六歲的「新人阿婆」，男人不分白髮或禿頭都會朝那邊轉，不是滋味的女人們就拿來日不多當武器，乾脆擺明了那種嫉妒，總之在人群聚集之處紛爭不斷。

就在她想起剛才萌子的尖聲嘶吼時，已抵達橋畔。河流像大型十字路口一樣橫越筆直的大馬路。幣舞橋就是與對岸高地的交叉點。蜿蜒濕原一路奔流而來的河水，面對大海靜止了下來。

比以前乾淨太多了——

登美子頻繁上街的昭和中期，這一帶也曾人潮擁擠。每逢星期天，附近的煤礦街就有巴士絡繹而來，擠滿女人和小孩，逛完百貨公司之後，必定會在食堂吃布丁。

當時，漆黑的河面上總有船隻漏出的重油四處擴散閃亮的虹彩。木頭、香菸、網子、浮標，這條河曾漂滿各種東西，在不知不覺中都消失了。在百貨公司頂樓和妹妹給彼此的女兒吃布丁時，妹妹愁眉苦臉哭訴「老公不肯回家」的情景，也成了遙遠往昔。

走上通往高地的坡道頂端，接著是往海邊的徐緩下坡。腿和膝蓋都行動自如。真幸運。登美子的視野中，忽然出現被建築物切割成漏斗形的海。她不禁失聲驚呼。

妹夫猛夫這輩子就像把借錢當嗜好，是個投機客，但最後還是買了能看到這種景色的房子。無論吃喝嫖賭做生意，每一樣都半吊子，或許正因為是這樣的男人才幸福吧。她如此自言自語。

和始終選擇獨居的自己不同，迎來另一種老年的妹妹，聽說記性變得很差。登美子回想女兒剛才說的話，思忖自己是否哪天也會忘記，隨即拼命搖頭。面對女兒發飆都不生氣的母親，雖是母親卻已非近親吧。打從六十年前孩子呱呱墜地，就已注定這一點。無法永遠放在肚子裡的，不正是母子嗎？有這種把母親叫來宣言斷絕血緣的女兒，當然也有壓根無處去感覺血緣的母親。這個笑話倒是很

---

11 千羽鶴，有祈求「身體康復」之意，通常會送給住院病人。

妙。

換言之，這證明彼此都很有活力——

視線從倒三角形的海面，移向圍牆蜿蜒的人行道。高牆，大門，小門。門牌上有妹夫猛夫的名字。鐵門沒有上鎖。可以窺見的空間內並沒有車。該不會出門買東西了吧。登美子從微微開啟的大門鑽進去，喘了一口氣之後咕噥著「打擾了」，按下玄關的門鈴。只要能見到里美，這也算不錯的散步了。

沉默漫長得幾乎令她恍神，就在她覺得今天果然沒人在家，準備放棄時，門開了。

登美子的眼前，出現幾乎像幽魂的妹夫臉孔。她差點嚇得尖叫，同時暗叫「慢著慢著」找回冷靜。

阿猛——

終於喊出妹夫名字時，那臉色青黑的幽魂回答：

「大姊，妳怎麼來了？」

「我還想問你怎麼了呢，臉色這麼差。好一陣子都沒接到電話，所以我來找萌子時，就順道過來看看。」

換作以往應該會豪邁地笑著說「快進來」的妹夫，始終沒有請她進屋，令她暗自納悶。登美子小心翼翼，忍住想刺探的眼神，望向玄關內。並沒有鞋子脫下亂扔的跡象，也沒有和平日不同的氣氛。

「阿里呢？她出去了嗎？」

猛夫搖頭說沒有。她繼續堅持「偶爾也想見見妹妹」。猛夫長嘆一口氣。

「現在家裡有點亂。」

「你這是什麼話，那有什麼好在意的。如果阿里身體不舒服，打掃這種小事我可以幫忙。你早說就是了嘛。」

妹夫不情不願地把門整個打開，似乎終於願意讓她見里美了。登美子一溜煙鑽進門，站在寬敞的玄關。

過了七十歲，這個妹夫也不知道怎麼想的，居然買下這麼不方便的大房子。明明提醒過只有老兩口過生活的話，買無障礙空間的平房最好，他就是不肯聽。不知道是男人的虛榮心，還是長年懷抱的自卑感作祟，不接受任何人建議的猛夫，沒有任何像樣的友人。不過，這個時尚住宅區似乎住了很多品德高尚的居民，聽說他這輩子第一次參加了區內自助會，也和周遭相處得不錯。

猛夫踉蹌走向通往客廳的走廊。登美子暗想，他的背駝得好嚴重，一邊跟在後面。

寬敞的客廳，有落地窗隔開種滿樹木和草皮的院子。都已經春天了，卻似乎還沒擦過玻璃，留下一條條塵埃和雨水的痕跡。令登美子歪頭狐疑的，是客廳地板上堆著整疊根本沒翻開過的報紙。乍看之下應該有一週或十天的分量。妹妹夫婦曾抱怨老花眼嚴重「連報紙都得放在地上站著看」，逗得登美子大笑，那是幾年前來著？沙發上扔著大概是早晚當外套披著的縐綢鋪棉短褂。電視周遭的黑色傢俱已隱約蒙上一層灰。

登美子心想「這點凌亂小意思」，盡可能開朗地地表示屋裡根本沒有多亂嘛。

「阿猛，你的臉色看起來好憂鬱。里美在哪裡？」

猛夫滿是鬍渣也沒刮的下巴上下努動——大概是說人在二樓吧。里美在剛買下這間中古屋時曾說，二樓根本用不到。女兒們毫無來訪的跡象，外孫也一樣。就算這房子是殺價到對折才買的，那個金額想必也足夠蓋一棟老兩口生活的小巧新屋。

「是嗎，在二樓啊。她是不是上去找什麼東西？」

猛夫又搖頭。垂落和現身玄關時一樣晦暗陰沉的眼睛。

「剛才我揍了她。每天和失智的老婆大眼瞪小眼，我都快瘋了——大姊妳救救我。」

她按捺想奔上二樓的衝動，向看起來隨時會哭倒在地的妹夫詢問原委。猛夫癱坐在客廳地板上。

「講了幾百次，她還是不懂。講得嘴巴都酸了，她還是立刻忘記，然後不是哭就是鬧，我已經，恨不得忘記她是我老婆了。不管我怎麼做，都沒用。每天，又重新回到原點。她真的已經痴呆了。」

妹夫一字一句說得慎重，最後幽幽呢喃「人老了真可悲」，開始哭了起來。

「幸好大姊來了。讓我今天不用殺死她。」

嘴上說得聳動，但猛夫的臉色已比剛才好多了，這讓登美子略感安心。幸好不用殺死她——這真是可怕的說詞。

登美子翻開內心深處塵封的遙遠往昔，想起妹夫以前就喜歡這種自暴自棄的說法。年輕時，里美偷偷去舞蹈教室上課，被他打得鼻青臉腫，登美子聽說後上門聲討，結果他居然在登美子面前蠻不在乎說，「用說的不管用，我也沒辦法。」把即便如此還是不肯離婚的里美晾在一旁。他又說，「我家這個，和任性妄為的大姊可不同。」曾經覺得此人是個沒用的男人，但過了八十歲還能在一起，想必他也有登美子不了解的優點吧。

然而——猛夫說他對里美動粗，悲慘地哭了。

「怎麼能說什麼『幸好不用殺她』。說來抱歉，我們家族有很多年紀大了就痴呆的例子喔。不是心臟病就是高血壓、糖尿病、癌症，大家多少都有這些毛病。得癌症的到末期還是很清醒，但我外婆和舅舅還有弟弟都是高血壓和糖尿病引發失智。」

「醫生開了失智的藥，可是她吃下去就吐出來。」

建議他不如改換別的藥，他卻說「我火大之下不去醫院了」。看似隨著年紀增長變得溫順，其實個性和年輕時一點也沒變。

登美子嘆口氣，走上從玄關通往二樓的樓梯。上樓時保持姿勢挺直，彷彿有一根線從天花板吊著腦袋。這樣腰和膝蓋就不會痛。寬敞的西式格局有三個房間，每扇門都開著。堆滿紙箱的房間，塞滿妹夫以前喜歡收集的畫材和舊傢俱，最裡面放了兩張床。這裡應該是女兒們來訪時住的房間吧。和另外兩間比起來，窗子較多，日照似乎也較充足。

阿里——

她探頭看室內，窗邊那張床後面可以看見里美的後腦勺。

「是我喔，阿里。妳怎麼待在這裡？」

喊了半天也不見里美回頭。登美子喊了兩次妹妹的名字，那個滿頭白髮的腦袋都沒動。不祥的預感輕輕滑過皮膚。

「阿里，我進來囉。」

她繞到只有一張邊桌寬的窗邊，在妹妹身旁屈膝蹲下。

大概是哭過，皺巴巴的眼皮浮腫。她總算鬆了半口氣，看著浮現老人斑的素顏。挨打的右臉頰是粉紅色的。

「聽說阿猛又動手了。他好像也覺得很愧疚喔。」

妹妹癟嘴睜著幼女般的眼睛點頭。如果天氣晴朗想必太陽會耀眼得刺目，在這個不得不開窗的房間內，此刻沒擦乾淨的玻璃窗外是無垠的潮濕天空。望著只有天空的奢侈大窗，妹妹在想什麼呢？

「阿里，妳躲在這種地方想什麼？」

「不知道。回過神時就在這裡了。」

登美子在妹妹身旁坐下，背靠床邊。仰望窗外，天空看起來更遼闊了。灰色中混雜淡藍色。是此地春天特有的天空色彩。

「回過神就在這裡，可見這是妳喜歡的地方。阿里從小就喜歡狹小的地方呢。」

登美子每每在回神時才發現緊跟在身後的妹妹，是不足月生下的早產兒。由於生下來時太嬌小，據說好一陣子都沒去報戶口，現在能這樣活著是這孩子自己的力量。

妹妹小時候喜歡在蘋果箱中玩耍。在作為終老之地未免太大的房子找到的此處，或許就是里美的蘋果箱。登美子也望著灰暗的天空，問妹妹：

「阿里，妳失智了嗎？」

「嗯，我家爸爸是這麼說的。」

「會不會很難受？」

「不會，一點也不難受。」

「是嗎，那就好。」

想到妹妹或許連挨巴掌的事都忘了，登美子沒再問妹妹躲來這裡的原因。

就算等到明天，天空的顏色也不會變吧？登美子思忖，看著天空彷彿連生活都忘記的過程中，妹妹腦中的時光流逝或許已不再具有太大意義。就算冠上失智這種嶄新的病名，也和從前見過的外婆、舅舅痴呆的模樣毫無不同。

只不過換個名稱聽起來比較好聽罷了——

既然如此，不如說些能讓現在的里美開心的話題。

「阿里，待在這裡，會想起小時候的蘋果箱呢。難得有這個機會，我們來聊點愉快的往事吧。」

里美湊近看著登美子的臉，笑著說好啊，看起來清醒得甚至令人懷疑健忘的種子究竟在何處。她叫里美說出能想到的「快樂往事」，里美聽了眼睛更加閃閃發亮。

登美子歪頭等著聽妹妹第一個會說什麼，結果從里美似乎隨時會噗嗤笑出來的嘴巴裡冒出的是：

「我去爸爸外遇對象的住處找他。那女的也沒多漂亮嘛。而且劈頭就開始哭。我覺得我贏了。」

她說得好像最近剛發生似的，因此登美子沒有及時反應。慌忙說「還有那種事啊」，一邊尋思該如何接話。

「我那天精心化妝，眉毛也畫得比較凌厲，牽著剛學會走路的智代找上門。就在玄關口，我直接嗆那女的，我說我隨時可以離婚。反正我有理髮的手藝，到哪都不愁沒飯吃。也不知道他們是怎麼認識的，對方是百貨公司的櫃姐。我說連同老公還有這個孩子一併送給妳，隨妳處置。」

里美說著呵呵笑，登美子問她女人的反應。

「那女的當場下跪，哭著求我原諒。簡直丟臉死了。這有什麼好原不原諒。」

里美停頓了一拍，嘀咕「真是太痛快了」的聲音，似乎會消融在空中。登美子問她是怎麼查到女人住處的，她喜孜孜地透露「有一次，我在後面跟蹤」。

「這樣啊，阿里妳還真有膽量。我活到這個年紀才知道。我還一直以為妳弱小無助，必須靠我來保護呢。」

登美子又問，其他還記得什麼嗎？小時候，在開拓小屋[12]的角落玩洋娃娃的事，阿里大概已經不記得了吧——那樣也好，登美子說著輕撫妹妹滿頭銀絲的腦袋。

「還有，有一次我坐計程車時，司機一直不讓我下車。」

「為什麼？」

12 開拓小屋，早年移居北海道的開拓者建造的木屋。

她決定不問那是何時的事。那種事里美已經不感興趣。

「他一直說太太妳好漂亮。煩死了。一下問我名字一下問我年齡，那個司機好奇怪喔。」

「因為阿里打從年輕時就膚色白皙又可愛嘛。」

「嗯。經常有人這麼說。」

「現在也很可愛喔。」

里美露出有點靦腆的笑容。

除了丈夫在外頭的女人，以及自己被男人看上的記憶之外，接著里美說出的是當年做理髮師時「曾經替本地出身的歌星的媽媽剪頭髮」。當里美說出那個紅極一時的歌星名字時，神色有點驕傲。

里美一直沒提到小時候的回憶以及兩個女兒。國中畢業後去理髮店做學徒，被理髮店師傅教訓，以及和其他學徒之間的糾紛，透過里美口中也伴隨著一抹卑微。登美子無法同情妹妹那樣的人生。因為人際關係只有藉由勝負才能讓自己的心情平靜下來。這一點登美子自己也不例外。

就在剛才被女兒拋棄時，她也是靜靜俯視萌子，說道「拋棄別人的人好像反而比較緊張」。對於賦予「拋棄」重大意義，藉此掩蓋罪惡感的女兒，登美子沒有回嘴反擊，因為她並不認為彼此是對等的。登美子藉由被女兒拋棄，反轉了育兒過程中的虧欠，贏得「勝利」。所謂的對等，本來就是雙方勉強才產生的幻影。

好好地活到死——嗎？

只要想起自己對女兒最後的臨別贈言，笑意就會自然湧現。一語中的卻又有點哀傷。

態度挑釁，是因為本來就想吵架吧——

她的咕噥令里美眼眸一轉望過來。

「吵架了？跟誰？」

「沒有吵架喔。我是說萌子，我的大女兒，妳記得嗎？」

里美含糊點頭。看來是忘了。

「妳有兩個女兒，我也有兩個女兒。只要大家都過得好好的，我覺得那就夠了。我們的任務，之後就只剩下好好的去另一個世界。」

里美說她還不想死。登美子回她一句，死神不來接人就死不掉喔。大概是「快樂的回憶」這個話題讓里美很滿意，她主動說還有。

「我婆婆說每天把被子抱上抱下是媳婦的職責，所以我特別賣力，結果肚子裡的寶寶死掉了。」

在里美的內心，第一個孩子胎死腹中變成是因為遵守婆婆說的「媳婦守則」而累壞了身子。已經無人能夠改變里美的記憶了。

「嗯，我記得。是阿猛和我送去火葬場的。智代出生時，長得特別像死去的寶寶，甚至覺得是寶寶又回來了。」

里美緩緩點頭微笑。

「阿里，現在不是要說快樂的話題嗎？」

「嗯。那時候，大家都對我好溫柔。我很高興。」

想到已經分不清快樂與高興的妹妹的那些過往歲月，登美子啞然。

「只有那時候，爸爸也變得好溫柔。寶寶雖然死了，但是大家的溫柔關懷讓我真的很高興。但這是必須悲傷的事，所以我一直說不出口。」
原來是這樣啊——
登美子撫摸里美的頭。觸及已經毫無營養變得像細稻草一樣的白髮，兒時種種就重現心頭。
阿里——
登美子盡可能投入滿腔慈愛去溫柔撫摸妹妹的白髮。
「沒事的。妳就安心忘了吧。因為有我代替妳記得。」
嗯——
那天，三人一起吃猛夫叫的外送壽司。已經忘記挨打的里美，或許是很高興有說話對象，心情特別好。里美把筷子伸向魚卵軍艦壽司時，被在意妻子血糖值的猛夫制止。登美子說「今天難得一次應該沒關係吧」，猛夫制止的手才勉強收回。
吃飯前，猛夫俐落地給里美腹部注射胰島素。問他為何甩耳光，據說只是因為一句「肚子餓了」。登美子感覺到，兩人之間流動的時間開始出現落差，這似乎也是一種夫婦法則。

飯後碗盤也是猛夫收拾，因此登美子帶里美去洗澡。只剩皮包骨的妹妹，抖動著雞架子似的雙腿，抓著登美子的手跨進浴缸。想起兒時的只有登美子，里美的內心自有摘出的記憶製造的另一種時間在流動。

「阿里，妳變得這麼小隻。要洗的地方也變少了，很省事耶。」

里美的害羞微笑令她鬆了一口氣。

「今天我要住在妳家喔。偶爾嚐嚐我做的早餐也不錯吧。」

冰箱裡幾乎沒有任何食物，不過至少應該還能煮個簡單的稀飯。

「阿登煮的稀飯，是從生米開始煮，對吧？」

「對呀，用砂鍋花時間熬得香噴噴喔。這是我在旅館廚房學來的。」

里美說已經等不及明天早上了。登美子哄她早餐就是要等到早上吃才會香，總算讓里美報以欣然接受的笑容。

晚上十點哄里美在二樓客房的床上躺下，登美子下樓做早餐的事前準備。客廳裡，猛夫正躺在開得震天響也不知道有沒有在看的電視機前。發現登美子後他連忙爬起來。

「阿猛萬一感冒就麻煩了，睡覺的時候還是回自己房間吧。」

猛夫也不知是回答還是沉吟地嗯了一聲後，鞠躬說，「對大姊真不好意思」。里美說的快樂回憶，妹夫今後恐怕也永遠不知情吧。迥異於憐憫的一絲羨慕掠過登美子心頭。同時也恍然大悟，這絕妙的落差正是夫妻倆攜手紡織出的時光綾紋。

現在就算再怎麼努力，在腦子的任何角落也找不出前夫的身影。思考自己與里美何者較幸福恐怕只會滿心荒蕪。人人都是活在自己選擇的自我當中。

「阿猛，你繼續這樣一個人在家照顧里美，恐怕會很吃力吧？」

猛夫沒有回答。電視機的音量，讓登美子明白他的重聽已經很嚴重。登美子又問一次，他一個人能否照料里美。這次他花白的眉毛上下聳動著嗯了一聲，可能是肯定也可解釋為否定地點點頭。

「我每天身體也很痛。去年開車出了車禍。到現在還會痛。重的東西我已經害怕得不敢拿了。今年冬天幸好雪下得少。」

「年紀大了以後，光是照顧自己都忙不過來了。很多事情都有心無力。即便如此自己還能勉強撐下來——」

是因為挺直腰桿保持正確姿勢走路——她本想這麼說還是作罷。妹妹夫婦過的生活不是那種含糊的言詞能夠徹底填補的。她拿起電視機前的遙控器，把幾乎震得頭疼的音量調低。

登美子把在浴室聽里美說的話，大聲告訴妹夫。

「里美說，現在可以這樣和阿猛在一起很高興。這種生活，是結婚之後第一次。有阿猛做飯給她吃，每天陪她，她說真的很快樂。」

等到猛夫低垂的頭稍微抬起，她才又開口。

「阿猛，幸好我的腦子和身體似乎都還沒有問題。我一星期過來一次，看看她，你覺得如何？搭公車過來一小時，這點距離不算什麼。年輕時里美那脾氣你也知道，我們姊妹有過互不相讓也有過為難的時候，可是彼此都到了兩腳伸進棺材的年紀後，那種事已經變得無所謂了。她現在像小孩一樣，其實也挺可愛的。」

「大姊，不好意思。」聽到這句話登美子安心了，同時也覺得如果偶爾有自己陪著說說話，妹妹或許也能轉換注意力。進而，登美子也問起住在道央和道南的兩個外甥女。

猛夫起初難以啟齒，登美子開始收拾報紙和桌上時，他才冷不防脫口而出。

「不能依賴智代，能依賴她的頂多只有喪禮吧。雖然她有時也會打電話回來，但至少在她面前我不能示弱。至於乃理——孩子們還小，如果太依賴她，她也很可憐。我想我們兩個老的就這樣相依為命，拖到不能再拖算了。」

「問題是真的做得到那樣嗎？今天不就很危險？我看你就不要再逞強死要面子了。年紀大的不只是里美。大家都是老頭子老太婆了，依賴別人並沒有錯。」

聽到他說只要大姊一週能來一次就已經輕鬆很多，登美子當然不會反感，但她很清楚那樣無法從根本解決問題。照顧老人的老人，其實更需要什麼人來照顧。

可是話雖如此——

白天意外遭到「棄老」的自己，說出來的話恐怕也毫無說服力，這麼一想忽然覺得有點可笑。

「不過，做女兒的對母親總是比較辛辣。你家是手藝人，家裡又總是有外人在，教育孩子自然比較嚴格。既然管教嚴格，等到自己年紀大了，又要求人家要善待自己，那的確也有點說不過去。我家的倒是說我『放牛吃草』。」

「大姊和萌子不是關係很好嗎？」

「要說關係好，或許的確算是很好吧。乾淨俐落，毫不拖泥帶水。至少，不會為了施恩望報鬧彆扭。」

猛夫噢了一聲垂下頭。就算同父同母，兄弟姊妹之間又另當別論了。妹夫身為理髮店老闆自行開業後，收留了好幾個上不了高中的外甥和姪兒當徒弟。但他和每個孩子都處不好，幾乎所有的孩子都半途而廢逃走了。返鄉時也因此被父母抱怨，鬧到最後連親戚關係都出現裂痕，變成比外人更難以收拾的尷尬關係。過了幾十年都沒和好，現在也不知道誰活著誰死了，就連住在鄰鎮都沒機會知道。

當時還年輕的猛夫，放話說「枉費我看在親戚份上才用他們」，誰也無話反駁。

「你們偶爾也來阿寒泡泡溫泉嘛。」

她說完，想起在玄關口沒看到車子。

「阿猛你也繳回駕照了？」

「嗯，現在很不方便。」

「以前我工作的那家旅館的會長，也為了要不要繳回駕照和兒女吵得很兇。結果碰上衝到路上的鹿閃避不及撞壞車子，才終於不開車了。他還說沒車子就不能去醫院治療車禍受傷的膝蓋，想想怪好笑的。」

現實永遠讓人想笑也笑不出來。被車撞到的鹿撞上擋風玻璃時，當時會長脫口而出的只有一句「如果是人我就要上吊自殺了」。

「可以搭公車四處看看風景住個一、兩晚，碰上某些季節還有溫泉養生套裝行程，最近有特惠行程還附帶供應五頓餐點。如果悠哉地看看湖景，里美也能轉移注意力，你自己說不定也能換換心情。」

關於把車賣掉的理由妹夫死不肯說，但對阿寒的溫泉養生行程倒是一口答應。對話的最後，無論何時還是開朗的明日話題最好。否則翌日的太陽會太昏暗。

當晚，登美子躺在旁邊的床上，一邊聽著妹妹的鼾聲，今天一整天發生的事如畫卷又逐一浮現腦海。萌子，珠子，里美，猛夫，今天的登場人物之中，只有珠子沒有表情且面目平板。她現在在哪，過得如何，自己當然不可能不在意，但登美子既沒有拼命找人，也沒有試圖援助女兒。喜歡的男人就算沒有社會地位，那也沒辦法。登美子還是尊重女兒的選擇，結果卻換來「音信斷絕」，如果那是錯的，自己當時究竟該怎麼做才好？

事到如今已無能為力的事情太多，逐漸累積至全身。萌子毅然宣言要重新開始，那番話說不定是正確的。

妹妹的鼾聲，把登美子帶往遙遠的過去。擅自剪輯的過往影像滑過眼皮內，登場人物逐一出現又消失。還年輕的母親端著鍋子快步經過姊妹倆身旁，弟弟們跑來跑去惹得父親怒吼。貓咪湊過來想找個溫暖的地方。最後選定登美子的大腿上，倏然陷入沉睡。

回到溫泉街的公寓的這三天，翻開漫畫都覺得內疚，登美子一方面為此氣惱，同時也感謝自己的眼睛還看得見小東西，可以替紗巾手帕縫上蕾絲邊。

電視整天開著，她編織，看漫畫，吃點輕食當午餐後，走路去到只需五分鐘的旅館泡澡。對登美子和周遭的人而言，現在那裡成了唯一確認及報告她還活著的方式。累積多條綴有蕾絲邊的豪華紗巾手帕後，她就趁著去泡澡時分送給旅館的女服務生。她那些手工藝品，有時做成綁頭髮的大腸圈，有時是一套五件組的杯墊。

離職後不好意思再回職場的老同事，死在附近公寓才被發現的消息，她也聽過一、兩則。登美子去旅館泡澡變成半義務性，如果她有點小感冒連著兩、三天沒露面，旅館老闆娘就會親自打電話過來。有這樣的生活，最後應該好歹會有個善終吧，這樣的樂觀，支撐著登美子的每一天。

泡澡回來後吃完晚餐，登美子的一天就大致結束了。老同事如果打電話來抱怨兒媳，她就陪對方聊個一小時，旅館如果拜託她支援，她就早點休息以備隔天上工。

對於煩惱是否該在六十歲辭職的女服務生們而言，登美子的堅強似乎是年過八十的老女人「理想典範」，但還是附帶「單身貴族」這個冠詞。她對單身生活不驕傲也不悲觀，可是加上「貴族」就覺得好像遭到嘲弄，是自己太彆扭嗎？

時間到了，她拿起遙控器關掉電視，把毛巾和香皂、洗髮精裝進購物袋站起來。膝蓋忽然一軟，視野變黑。一瞬間甚至不知道發生了什麼，就這麼跪在地上。鍛鍊過的腳，這些年從不曾發麻，此刻卻怪怪的，下半身用不上力。

登美子重新在坐墊上坐好，閉眼一再深呼吸。然後悄悄睜眼。「哈囉，登美子。」她對自己說。耳中聽見的聲音一如往常。

——登美子，妳怎麼了？

——沒事，大概是起來得太猛，有點暈吧。

——是不是編織太費神了？

——可是這是我一直都在做的事情。

那個「一直」逐漸變成「偶爾」，就是所謂的老化喔。人類就像常溫下保存期限不久的食物一樣。就算拿健康當成唯一優點的登美子，也不可能永遠保持現狀喔。

她在自言自語時也會安排一個對象。這是獨居生活的秘訣。如果只是自言自語，就會變成言語的泡沫消失，可是如果當成對話，便可以暫時留在心間。

這樣啊，原來保存期限不久啊——說出口後，她緩緩起身。這次腰也挺得筆直。自從看到里美的樣子，「老後」這個字眼比過去更有現實感了。聽說光是和人講話就有延緩失智症的效果，因此她決定偶爾也打個電話給里美。

出門前先上個廁所，她在馬桶上坐下。似乎比年輕時坐得更久，但是反正也沒人催促，因此還是慢慢來。以前當服務生時向來是快吃快拉。現在這種慢步調的生活，登美子是花了十年才上手。

聽著滴滴答答無力又漫長地從身體流出的水聲之際，玄關的門鈴響了。也不可能立刻把尿憋回去，她只好高喊「請等一下」，尿完之後才說著「不好意思喔」打開玄關門。

出乎意料的是，門前空無一人。如果是熟人，就算慢了一會應該也會等她才對。宅急便向來是上午送，也不可能有客人在下午兩點來訪。

這個客人未免也太性急了，登美子決定放棄猜測，逕自前往以前工作的溫泉旅館。對幾乎天天都在休息室撫平頭髮、準備迎接客人的小老闆娘打招呼。雇用登美子的前代老闆娘，這時也該穿著整齊的和服來大廳了吧。宣言只要登美子還活著，就要繼續站在第一線工作的老夫人，也差不多高齡八十八了。在旅館繁忙期叫她回來支援的就是老夫人，兩人站在一起被戲稱為「活化石姐妹花」，成了旅館的吉祥物。

這些年能夠覺得活得有趣，要感謝有如清風流逝的時間和人們為伴。自己如果停在原地就等於在胸前抱著污水而活，只要有這種自覺，一個人的生活沒有任何不自由。

用流動的溫泉溫熱身體，洗澡洗頭更衣。不知不覺中，已經到了會覺得「一如往常」很可貴的年齡。

走在窄小的員工通道，背後傳來呼聲，「阿登！」轉頭一看，老夫人八重舉起一隻手朝她招手。「您好您好。」她邊鞠躬邊回到門前。「妳能否來一下？」雖然被叫去休息室，八重的表情很開朗。看來應該不是壞事，她暗自慶幸地跟上。今天沒有團體客人，果然剛放完連假都這樣，老夫人如此嘀咕，一襲淺桃色大島和服顯得很優雅。事務室隔壁這間當作老板娘休息室的六帖和室，有穿衣鏡和茶櫃以及三面梳妝鏡。雖然有傳言說被叫到這裡喝濃茶，通常是挨罵的時候，所以一定要小心，但登美子還沒有那種經驗。房間角落堆著五個坐墊。八重把其中一個滑過榻榻米讓登美子坐。登美子誠惶誠恐地跪坐上去。

「老闆娘，不好意思，我剛泡完澡出來，樣子有點邋遢。」

「妳少來了，明明只要化了妝、穿上和服就氣勢十足，甚至分不出誰才是老闆娘。看到妳精神十足的模樣，就忽然想到好久沒跟妳一起喝茶了。」

八重用慢條斯理的動作開始準備茶水。一邊有一搭沒一搭互相報告近況，手下動作也沒停，舉止之間沒有絲毫多餘的動作。登美子崇拜地看著老闆娘平日跳日本舞鍛鍊出來的手勢。

「看到阿登精神十足，我也得再加油一點了。」

「彼此都已經到了不在乎年齡的年紀了呢。只要腦子清醒就該謝天謝地了。」

她說妹妹記性變得很差很可憐，八重也閉眼點頭。

「頭腦清醒，就表示即使不舒服或不愉快也得通通記住，直到嚥下最後一口氣，這或許是某種懲罰喔。雖然不知道彼此會在何時走到終點，但能夠獨自完成洗澡的每一天肯定都是幸福。」

放在膝蓋前的茶杯中，是黃綠色的上等玉露茶。她正湊近鼻尖享受香氣時，八重已經先一步啜飲起來。

「阿登家的老二，是叫做珠子吧？」

「對，大的叫萌子，小的是珠子。」

日前才被歡歡喜喜地拋棄呢——她遲疑著該不該這樣說出來時，八重的眼皮微微垂落。

「那個珠子，現在人在阿寒。妳不知道吧？」

就算聽聞女兒在三十年後回到此地，一時之間也毫無概念。

「珠子在這邊嗎？可是她並沒有來找我。」

「嗯，她借住在妳的老同事家。好像是一星期前的事了吧。」

那個老同事是誰，八重始終不肯說。茶水不是普通番茶而是玉露，但是並未帶來好預感。

「珠子她，闖了什麼禍嗎？」

她盡量留心不顯得卑屈地平靜問道。八重嘆口氣。有人接起打到隔壁事務室的電話。聲音似乎傳不過來，這邊的說話聲應該也不會外洩。

「聽說是某個老同事發現她在土產店前徘徊，就出聲喊她：『妳是阿珠吧？』結果她就哭了。她說沒臉見妳，老同事就叫她在心情平靜前先在家裡住下。然後兩天前，那個老同事來找我商量。說就算是幫忙打雜也行，能不能給珠子找份工作。一聽說是妳的女兒，我當然也沒理由拒絕。這下子工作也有著落了，人家就勸她也該回去給母親道個歉了。」

據說珠子當時說聲「知道了」就出了門，然後一去不回。

驀然間，臨出門前響起的門鈴聲又重回登美子的耳中。

珠子——

「老闆娘，那是什麼時候的事？」

「好像是昨天晚上。」

故事並未就此結束。據說收留珠子暫住的那個老同事皮夾裡的錢也不見了。本來就算是為了人家收留女兒一星期也該去道歉並道謝，可是現在連錢都不翼而飛，登美子已經啞然。

「對方說不方便直接對妳開口，叫我也別提她的名字，所以妳就算猜到是誰也請妳保持沉默。因為對方明確表示，並不是為了讓妳道歉賠罪才來找我商量。只是，雖然發生了那種事，珠子的外表據說還是很年輕，完全看不出年近六十，也不像是因為生病而返鄉，對方希望我找機會通知妳這件事。」

登美子試著想像一個從恩人皮夾偷錢的五十八歲女人。光看那個行為，就知道珠子沒有老老實實過生活。這並不是她認識的男人害的。那是珠子與生俱來的天性。只是耍小聰明躲過每一天的生活，想必刺激得足以把一瞬誤認為永恆。所謂的不安分，就是指她這樣。

「非常抱歉。我都不知道該怎麼道歉才好了。雖然我的確沒盡到什麼母親的職責，但我沒想到她竟然會變成一個偷別人錢的人——」

不知道該說是悲傷還是難過，是愧疚還是羞恥，如果能用淺顯易懂的言詞說服自己，想必會稍微輕鬆一點。登美子異常平靜，就像風平浪靜的海面。她一邊對八重道歉，同時「啊，這下子」這種釋然的念頭也緩緩湧現。

啊，這下子，一切都斷絕關係了——

擔心另一個女兒過得如何的懸念也消失了。

珠子若繼續做那種事，或許遲早會有受到法律制裁的一天。即便如此——她想。那也是珠子自己收拾爛攤子的方式。打著人情的招牌幹無情的舉動，這應該也不只一、兩次了吧。登美子想把珠子來到母親附近之舉，也當成別有企圖。與其被可笑的感情牽絆才回來，還是捲走一點錢出逃更像自己女兒的作風。女兒偷了一點小錢就希望她被人人記恨，這是為人母者該有的心態嗎？登美子喝口茶調整呼吸。

「妳現在想必是真的覺得很抱歉——只恨她為什麼不是從自己的錢包拿錢。會忍不住那樣想。如果是我，就算叫她留下所有的錢滾出去也無所謂。」

第二杯茶冉冉升起熱氣。

「我看過形形色色的員工，回憶也很多。」

根據八重的說法，一旦有那種毛病就很難再改正。「我說話或許難聽——」

八重先這樣聲明後，用比較強硬的語氣說：

「已經染上那種毛病的孩子，阿登啊——我看就算了吧？」

登美子花了一點時間才醒悟，八重的意思是可以斷絕母女緣分了。母女緣分嗎，她無聲呢喃。那種東西，老早就沒有了。已經消失得無影無蹤。登美子的內心逐漸漲滿冷水。

「你們母女已經三十年沒見了吧？如此說來，豈不是比我和妳更沒有緣分。有句話我一直不知道該不該說，因為我怕妳如果還對女兒有感情，那樣未免太可憐。三十年沒見面，就算是親生孩子也已經是外人。弄得不好甚至比外人更惡劣喔。」

登美子在腦海一一想起可能收留女兒的好心同事，一邊問八重：

「那個小偷偷走的錢，到底有多少？」

八重眉毛往下耷拉說「一萬圓」。

「賠償就不用了。就當是看在我的面子上，包個紅包給那孩子。我只是不希望妳從哪裡聽到不好的傳聞，所以才說一聲。」

登美子深深一鞠躬，眉毛幾乎碰到榻榻米，前屈的身子幾乎從坐墊向前翻過去。

「她來找妳時，妳要毅然推開她。快六十歲還手腳不乾淨的女兒如果出現在妳面前，妳就當她是來騙妳的老人年金，要立刻趕走她喔。如果妳做不到，就把她帶來我這裡。」

八重說這件事就到此為止，轉而問她八月旅館繁忙期能否再來幫忙。登美子坦誠接受這位英氣凜然的老板娘好意，一口答應了。

「最近都是連語言都無法溝通的女孩在端盤子。雖然知道時代就是如此，可是老實說，第一線的員工我還是寧可雇用機靈貼心的老手。」

對於老闆娘的關懷，她再次鞠躬。至於染上偷竊毛病的女兒就忘了吧。事到如今，也不用再想珠子來到登美子家附近的理由。

從旅館回家的路上，傳來小鳥在樹叢之間的啁啾。一隻，兩隻——不知道他們是親子，夫妻，還是不相干的外人。

對八重鞠躬時，照理說歉疚的心意並無虛假，可是此刻在登美子內心逐漸擴散的，是言語難以形容的解放感。這下子可以毫無顧忌地拋棄了。彷彿被斷絕關係的內疚赦免了。萌子是因為沒有對象可以赦免她，所以才需要可笑的儀式吧。

白天變得很長。仰望天空，身體又差點向前栽向柏油路。肚子明明也不餓，真奇怪，她一邊這麼想一邊抓著電線桿，休息片刻。或許真的已經老了。

不過，就像鳥在枝頭停歇，片刻之後又能再次邁步。只要邁步，滿腦子就只想著前進。她就是這麼活到今天的。離開電線桿跨出一步，登美子對自己不斷前進的腳尖道謝。

回到家，忽然有點惦記里美，她打電話給妹妹的手機。

抱著和自己的兩個女兒已經釐清關係的安心感，不免開始擔心妹妹那邊怎樣了。妹妹和最後始終沒離婚的丈夫相依為命，來日無多的老年生活看起來似乎也不錯，但一個人有一個人的問題，兩個人有兩個人的問題，只不過角度不同吧。彼此都無法拋棄對方的夫婦，要如何面對步調不同的老後生活過下去？

嘟聲響到第四次時里美接起來了。她說猛夫正在廚房弄晚餐。

「阿里，讓老公做晚飯給妳吃，真是不錯的生活耶。妳的身體怎麼樣？」

「很好喔。每天都精神百倍。」

嘴上雖然有精神，但說話方式好像有點洩氣。她問妹妹是不是渾身無力，里美說沒那回事。

「我後天過去看妳。到時我們再聊快樂的話題。」

里美天真無邪地拍手叫好，她問妹妹需要她帶什麼過去。里美壓低嗓門回答：「布丁。」

「吃甜食不是會被阿猛罵？」

「嗯，可是我想吃布丁。」

變成這樣簡直跟小孩沒兩樣。等到明天八成連她要求過的東西也忘記了。登美子想像那樣的場面，對她說「好的」。

她說聲再見正準備拿開話筒掛電話時，「阿登，偷偷跟妳說喔。」妹妹忽然開口。

「我家二樓來了一個不認識的人。」

「不認識的人？是誰？」

「所以我才說是不認識的人呀。」

一瞬間，她懷疑失智的是自己，連忙猛搖頭。

「能不能讓阿猛聽一下電話？」

「爸爸在廚房，他說拿菜刀時不准我過去。那個人有時候會下樓上廁所，可我不敢問名字。」

「是男的還是女的？」

「應該是女的。」

這樣對話沒完沒了。

「阿里，我明天就過去。妳幫我跟阿猛說一聲。不用跟二樓的人說什麼。我帶布丁就行了吧？」

「嗯，等妳喔。」

放下話筒後，變淺的呼吸費了一點時間才恢復原狀。之所以這樣突然擔心妹妹，也是因為自己已經毫無負擔嗎？失聯半年的關係，突然侵蝕每一天擁有的時間。里美失去記憶的時間，原封不動地被摻進登美子的每一天。忘了也無妨的事物，或許藉助年老與疾病之力自然會從肩頭落下。同時，她也開始覺得，無法靠自己做到那點的軟弱，正是人的可愛之處。

翌日，登美子搭乘清晨第一班公車去見里美。在大馬路的超商買了二個百圓布丁，心想只要不交給妹妹就行了。

抵達玄關，得知里美說的「不認識的人」是長女智代時，登美子頓時渾身脫力，彷彿力氣都被脫鞋口的地面吸收。

「原來是智代啊。」

看到長吐一口氣的登美子，智代用溫婉的語氣鞠躬說「好久不見」。她說是請假回鄉探親。現在不是中元節也不是新年，平時沒有頻繁來往的長女卻回娘家來了。還來不及脫鞋，登美子就先問出了什麼事。智代用更溫婉的語氣說，「因為聽說即將要住院。」語尾說得特別重。

「住院？上次我來時什麼也沒聽說。」

「好像是她的血糖值又升高了。父親一個人照顧，恐怕已經到了極限。」

這種事情不是在門口可以三言兩語交代的。登美子把購物袋裡的布丁塞到背後以免被發現，在智代的帶路下走進客廳。

開心的只有里美一人。猛夫只說聲「啊，大姊」，繼續用調高音量的電視看報導世界遺產的節目。聽說妹妹明天要住院，登美子有種類似憤怒的情緒沉入肚子。

「上次我來時，你怎麼隻字未提。」

「是不好意思開口啦。阿姨要體諒他。」

聽說智代也已經五十，登美子恍然大悟地望著她眼角和嘴邊的深刻皺紋。智代說光靠猛夫一個人已經無法準備住院的東西。

「唉，我怎麼說都不管用，去年叫他放棄開車也是費盡唇舌。當時沒有通知阿姨，其實他出了一場車禍，整輛車都報銷了。唯一值得慶幸的就是當時我母親不在車上。阿姨一定也沒聽說他撞斷肋骨，在苫小牧的醫院住了一陣子吧？」

原來如此，所以才沒有聯絡啊。登美子恍然大悟地聽著智代半帶辯解的報告。據說里美那陣子就在智代家和二女兒乃理家兩邊住，可是父親不忍見母親漸漸消沉，出院後還是帶著母親回到釧路的家。

「出院之後能動了，他們就立刻堅持自己能應付，怎麼勸都不聽。主要是父親在鬧。所以，我就叫他們實際試試看。結果就成了這副德性。必須暫時住院讓血糖值穩定下來。」

做女兒的真正用意何在，從那疲憊的側臉無法判讀。里美始終愧疚地耷拉著眉尾。在猛夫賭氣的肩頭，可以看出些許反抗。

「現在更重要的是——」智代指著儲藏室所在的走廊，叫她過來一下。登美子把里美留在客廳，來到走廊。

「阿姨，請妳看看。為了準備住院，我到處找新的抽取式面紙和浴巾，結果居然這麼誇張。」

兩扇門對開，寬度不到二公尺，深度應有六十公分的儲藏櫃裡，大小交織、三三兩兩堆滿同樣規格的箱子。

「靠外面的地方放著少少的東西，大概自以為藏得很好，可是搬開來一看——」

智代手指的前方，除了沒開封的高級洗潔精，還有保健食品、染白髮專用洗髮精和潤絲精的組合、一模一樣的吹風機三台、生髮劑一箱、調整式內衣、自然派化妝品全套二箱、除斑美容精華液二箱——

登美子無意識嘆出的那口長氣落向地板。望著儲藏櫃的智代身上，傳來陰鬱沉重的氣息。

「我一看發貨日期，已經是六年前。好像是父親從早到晚去打小鋼珠，她白天不是和乃理講電話，就是看電視購物節目的那段時期。」

「乃理呢？」

「她在函館買了二世代住宅。我父母有一陣子也搬去同住，可是很快就又回來了。到底發生了什麼事，乃理也不肯講清楚。」

函館的房子，據說是老夫婦用養老金買的。智代的聲音稍微放低。

「結果，父親說想要現金，決定把那房子賣掉。問題是不可能用當初買的價格賣掉。剛搬進去的房子又要搬出去，乃理好像也焦頭爛額。不知道他是怎麼想的，也不肯賣給女兒。他壓根沒考慮過我們是如何被父親的任性耍得團團轉。這個家，每次都這樣。」

「妳不能這麼說，父母想必也有父母的苦衷。」

「阿姨，如果要這麼說，女兒也有女兒的苦衷啊。」

那倒也是，登美子無奈地笑了。

苦衷加苦衷，所以這世界才麻煩。

智代說等里美住進醫院，她要先回自家一趟。聽說沿路轉乘火車單趟就要五小時，她感嘆著也不可能經常往返。

「我明天也去醫院病房可以嗎？」

「幸好阿姨這麼硬朗，真是太好了。如果阿姨能經常來看看他們，我也比較安心。」

諒解苦衷的人，只要在苦衷的範圍內行動即可。登美子再次望著里美買來的這些電視購物產品。

六年前，里美還會在意皺紋和老人斑、白頭髮，外出時想要穿調整型內衣。

為了讓記性變差的腦子稍微管用，也買了標榜增強記憶力的保健食品。那些沒開封的商品，漸漸被淚水模糊，登美子關上對開的門扉。

「阿姨，如果有什麼用得上的妳就直接拿走。」

「不能講這種話喔，智代。」

面對如此勸告的登美子，智代眼泛淚光。

「已經無所謂了。里美女士這次住院後要請人幫忙找機構。」

「機構？什麼機構？」

聽說是付費安養院，登美子差點腿軟。智代說已經不能再交給猛夫一個人照顧了。她始終無法說服討厭離開家鄉的父親，因此醫院的社工人員提議「不如借助行政力量」。

「如果沒找到適合的機構，就算他們再怎麼不願意，都得讓他們搬來我家。」

聲稱登美子還如此硬朗真是太好了的外甥女，面對必須接受父母年老這個事實的儲藏櫃為之愕然，肯定用那種態度責怪父親了。也難怪猛夫態度僵硬，背後原來自有理由。彷彿四處散落的各種苦衷滾落一地，不知不覺大家都被那苦衷絆著，舉步維艱。

登美子暗自慶幸自己已經徹底減輕包袱。

「智代，妳媽的血糖值到底怎樣？很高嗎？」

「最近這三天，每天都有護理師來，所以沒問題。好像是醫院明天早上空出病床前的臨時措施。聽說今天傍晚護理師也會過來。」

「這樣啊。」

智代說要去坡下的大型超市買新內衣。

「總不能讓她穿這些調整型內衣去。」

唯獨這時她稍微展露了笑顏。

目送智代一手拿著皮包走出玄關後，登美子邀里美去二樓。走進靠後方的房間，鑽進前幾天二人一起仰望天空的那個床鋪與窗邊之間的縫隙。

「阿里，聽說妳明天要住院？」

「噢，對呀。沒辦法，因為我變傻了。」

「妳才不傻。沒問題的。」

「謝謝妳，阿登。」

登美子從購物袋取出布丁，一盒給里美。里美的臉上倏然綻放笑容，臉頰重現紅潤。布滿老人斑的圓臉上，和兒時一樣的小眼睛閃閃發亮。

「來，伴手禮。我們一起吃吧。絕對絕對不能跟別人說喔。」

「太好了，阿登。妳還記得啊。」

她忽然覺得奇怪，反問里美怎麼還記得。

「昨天妳打電話給我時，不是我拜託妳買的嗎？幸好妳沒忘，太好了。」

坐在喜孜孜打開塑膠蓋的妹妹身旁，登美子仰望窗外的無垠天空。原來這裡有一種幸福。

登美子祈求離開自己的兩個女兒得到幸福，以及讓他們不至於沉溺其中的不幸。

不知不覺流下眼淚。里美內心被仔細篩檢過的記憶，即便只是一點點也想留下。

「好好吃喔，阿登。這個布丁真好吃。」

里美一再強調好吃，還依依不捨地用湯匙刮杯底的焦糖，同時說道：

「我一輩子都不會忘記這個布丁的滋味。」

是嗎——

是嗎，阿里——

登美子像兒時一樣再次輕撫妹妹的腦袋。

我，也不會忘記——

初刊於《小說SUBARU》二〇一九年一月號、三月號、五月號、七月號、九月號。

出版單行本時另行添筆、修正過。

本作為虛擬小說，與真實人物、團體等概無關係，特此聲明。

推薦跋

身為萬物之「母」的女人：讀櫻木紫乃《家族的完成》

文——郝譽翔

來到中年的女人，對於「空巢期」一詞不只熟悉，而且還感到焦慮。這時的婚姻已經進入平淡如水的老夫老妻階段，而小孩也從小時候的依賴黏人，跟前跟後，到青春期的叛逆乖張，乃至長大成人甚至離家遠走了，「家」到底還有什麼意義？彷彿來到此時此刻，才越來越清楚的浮現出來。

《家族的完成》通過幾個女人的故事，寫出了家族親人之間的關係，薄情，疏離，似乎要遠遠勝過了親密和溫情。對於這些蘊藏在核心家庭之中的問題，櫻木紫乃甚至坦白的說：「我不覺得可悲也不覺得可笑，當然更不會生氣。唯一湧現的想法，只是看到了人性。」

對於這種「薄情」，櫻木紫乃的反應冷靜到令人吃驚：「認為亦無不可。」就像她小說中的女性角色，在面對家人尤其是丈夫，感情早已由濃轉為淡薄之時，她也是平靜以對，因為「生活就是一連串的認命」。

或許就是這樣「認命」的人生觀，櫻木紫乃筆下的女性角色格外有一種日式的優雅，喜怒哀樂不驚，彷彿對於眼前的一切，早已了然於心，而對於人性也沒有太高的期待，女性的「空巢症候群」對應的，就是男性的「燃盡症候群」，對於一切都失去了熱情和幹勁，身心疲勞，已經被日常生活的一點一滴消耗殆盡。

所以人生到頭來，不就是落入了佛家所謂「四大皆空」的狀態？處在「空巢期症候群」的女人，一心還渴望能夠被誰喜歡，獲得關注和疼愛，然而處在「燃盡症候群」的男人，這時卻已經空空如也了，他們不想給，也給不起。

櫻木紫乃寫出了愛情的殘酷真相和結局，從最剛開始以兩人為單位，因愛而結合組成的家庭，在生下了孩子之後，便是陷入柴米油鹽醬醋茶的無限循環，直到有一天孩子終於長大，離巢獨立，振翅高飛之後，家庭又恢復了原先兩人的世界，最後必定會有一人先行離去，只剩下一人，而記憶就此零落，家族也崩落瓦解。回首過往的一切，有如縹緲的雲煙。

這就是所謂「家族的完成」，但有趣的是，在「完成」的過程中，男女兩性卻不是平等的，他們各自扮演的角色似乎大不相同。櫻木紫乃在〈智代〉這篇中，是這樣寫的：「父親將在母親的一生中漸漸死去。逐漸變成純真天使的母親，一點點漸漸死去的父親，以及只能旁觀的女兒們。」

也因此《家族的完成》不僅聚焦在現代社會中越來越成為主流的核心家庭，刻劃夫妻之間的情感，也描寫人到中年的女兒，如何面對年邁的雙親。〈乃理〉中乃理的母親在跟父親吵架之後，總是問自己的兩個女兒：「如果我們離婚，你們跟誰？」姐姐智代的回答永遠是「誰也不跟」，而乃理則是毫不遲疑選擇了母親，即使她心知肚明，母親其實一個人也活得下去。

我們對於家人的需要到底是什麼？如果沒有了他們，是否還能一個人理直氣壯的活下去？而這種需要是互相的嗎？如果對方根本是冷漠以對的話，那還能夠算是家人嗎？最後被父母選中了要一起終老的乃理，雖然感覺這是自己「選擇的幸福終點」，然而「身為被選中的女兒，要給父母的餘生盡可能付出關愛」，這種責任忽然壓得她喘不過氣來。

於是和父母同住在「二世代住宅」中的乃理，開始把「丈夫當成自己生的第一個孩子」，然後「母親逐漸變回孩童，父親終將去世」，如此一來，「乃理的人生想必會成為萬物之『母』，藉此畫出美麗彩虹，最後抵達藏寶地點。」雖然看似是一個最完滿理想的「家族的完成」，但不也就是靠乃理犧牲自我，成為眾人之「母」才能達到的嗎？而這果真是一個女人所渴望的「家族」嗎？

在〈紀和〉一篇中，櫻木紫乃則把焦點聚集在女兒身上，紀和的父母離婚，而把孩子紀和撇到一旁，讓她終身都處在父母的陰影之下，所以家族又是什麼？是親情的溫暖支持？還是永遠無法彌補的創傷欠缺，一輩子揮之不去的宿命？

在《家族的完成》中，幾個女人的生命彼此環環相扣，看似各有不同的困境，但其實都有如回聲一般，交相呼應而迴盪撞擊，而我們也都能從中辨識出某一個面向的自己，身為女兒、人妻或是人母的，構成了女性角色的三稜鏡。櫻木紫乃毫無疑問是說故事的高手，近年來屢獲日本文學大獎的肯定，也正因為她以簡潔之筆，寫出了日本當代社會的女人心吧。

對於人到中年的熟女讀者而言，更能在閱讀這本《家族的完成》時，感到心有戚戚焉，因為有誰願意真正孤獨一生？又有誰不渴望家人親情的慰藉？渴望著被愛？然而在付出愛與被愛之間，總是如此進退維艱，難以取捨，到最後終究要通過某種程度的犧牲，才能有所完成。櫻木紫乃平靜的寫出了人生悲哀的真相，但也因為早就了然於胸，反倒能對人性的軟弱和陰暗，產生更多的理解、慈悲與寬容，而這不就是家族之所以能夠維繫下去，綿延不絕的情感根基嗎？

藍小說 337

家族的完成

作　者──櫻木紫乃
繪　者──中比良真子
譯　者──劉子倩
編　輯──黃子萍
封面設計──黃子欽
內頁排版──邵麗如

總 編 輯──嘉世強
董 事 長──趙政岷
出 版 者──時報文化出版企業股份有限公司
108019臺北市和平西路三段二四〇號三樓
發行專線─（〇二）二三〇六六八四二
讀者服務專線─〇八〇〇二三一七〇五．（〇二）二三〇四七一〇三
讀者服務傳真─（〇二）二三〇四六八五八
郵撥─一九三四四七二四時報文化出版公司
信箱─（一〇八九九）臺北華江橋郵局第九九信箱

時報悅讀網──http://www.readingtimes.com.tw
電子郵件信箱──liter@readingtimes.com.tw
法律顧問──理律法律事務所　陳長文律師、李念祖律師
印　刷──勁達印刷有限公司
初版一刷──二〇二二年十二月三十日
定　價──新臺幣四二〇元
（缺頁或破損的書，請寄回更換）

時報文化出版公司成立於一九七五年，
並於一九九九年股票上櫃公開發行，於二〇〇八年脫離中時集團非屬旺中，
以「尊重智慧與創意的文化事業」為信念。

家族的完成 / 櫻木紫乃著；劉子倩譯. -- 初版. -- 臺北市：時報文化出版企業股份有限公司, 2022.12
面；　公分. –（藍小說；337）

ISBN 978-626-353-230-4（平裝）

861.57　　111019439

First published in Japan in 2020 by SHUEISHA Inc., Tokyo.

This Traditional Chinese edition published by arrangement with Shueisha Inc., Tokyo in care of Tuttle Mori Agency, Inc., Tokyo through Future View Tecnology Ltd., Taipei

ISBN 978-626-353-230-4
Printed in Taiwan